山のように積み重なっていた書類はパラパラと舞い上がり、
椅子から机の上に移動した。
魔術で書類一枚一枚を狙った場所に移動させるには、
繊細な魔力操作技術が必要になる。
それを、まるで当たり前のことのように——
しかも無詠唱でこなしたモニカに、
ルイスが細い眉をピクリと震わせた。

「相変わらず才能を無駄遣いしまくっているのですね、同期殿？」

たった一人でこれだけの魔術を
使っているのだとしたら……
それはもうバケモノだ。

サイレント・ウィッチ

沈黙の魔女の隠しごと

Secrets of the Silent Witch

依空まつり

Illust

藤実なんな

口絵・本文イラスト
藤実なんな

装丁
百足屋ユウコ＋モンマ蚕（ムシカゴグラフィクス）

Contents

Secrets of the Silent Witch

プロローグ　ウォーガンの黒竜

――ケルベック伯爵領ウォーガン山脈に黒竜が現れた。

その報告はケルベック伯爵領のみならず、リディル王国全土を揺るがし、人々を恐怖の渦に陥れた。

竜は災害だ。家畜や人を襲い、時に街一つを壊滅させることすらある。中でも黒竜は、リディル王国史上でも二度しか登場していない伝説級の大災害であった。

黒竜の炎は、地上のありとあらゆる物を焼き尽くす冥府《めいふ》の炎。

国の魔術師達が束になって防御結界を張っても、その炎は結界ごと魔術師を焼き尽くし、黒竜が現れた土地は焦土と化すという。

黒竜が出没したという過去二回の記録では、街が複数消え、王国は半壊状態になったとされていた。

「イザベルお嬢様、もうこのお屋敷も危険です。奥様のご実家へ避難を」

侍女のアガサの言葉に、ケルベック伯爵令嬢イザベル・ノートンは険しい顔で首を横に振った。

「いいえ、わたくしは最後までこの屋敷を離れません」

イザベルはまだ一五歳になったばかりの娘だ。

だが凛《りん》と前を見据えるその横顔には、代々この土地を竜から守ってきた伯爵家の人間としての矜持《きょうじ》があった。

リディル王国で最も竜害が多い東部地方にて、長年、竜と対峙《たいじ》し続ける一族。それがケルベック伯爵家だ。

ケルベック伯爵家の歴史は、竜との戦いの歴史。

イザベルはこの年までに、何度も竜害を目の当たりにし、その惨劇を身をもって味わっている。伯爵家を慕ってくれる領民達の育てた作物が食い荒らされ、建物が壊され、時に人や家畜が犠牲になるところを、何度も何度も何度も、その目で見てきたのだ。

「騎士達が最前線で戦っているのです。それに、お父様も現場で指揮をとられている。娘のわたくしが民を見捨てて逃げるなど、あってはならないことですわ」

イザベルはキッパリ言いきると、可憐《かれん》な顔に少しだけ悲しそうな笑みを浮かべ、侍女を見つめる。

「アガサ。長年、我が家に仕えてくれてありがとう。貴女《あなた》には、暇《いとま》を出します」

「いいえ、いいえ、お嬢様……このアガサも最後までお供します」

竜害に耐え続けてきたのは、伯爵家の人間だけではない。この地に住む全《すべ》ての民が、伯爵家と共に竜と戦い続けてきたのだ。

イザベルに仕えるアガサもまた、若い娘ながらに肝が据わっていた。

決意に満ちたアガサに、イザベルは泣きそうな顔で「ありがとう」と礼を告げる。

いずれ黒竜が騎士団を突破したら、ケルベック伯爵領は焦土と化すだろう。それでもイザベルは、最後の最後までこの屋敷を守り続けるつもりだった。

父が留守にしている今、この屋敷を守るのは自分の使命なのだ。

「イザベル様……っ！　アガサ姉さんっ、大変だ……っ！」

ノックも無しに扉を開けて室内に駆け込んできたのは、アガサの弟で馬丁のアランだった。

最悪の報《しら》せを覚悟するイザベルとアガサに、アランは頬を紅潮させて告げる。

「王都から来た魔術師が……黒竜を撃退した！」

アランの言葉に、イザベルは我が耳を疑った。

竜退治に長《た》けた竜騎士団が、王都から応援に来たことは知っている。それと、その竜騎士団に一人の魔術師が同行していることも。

竜騎士団に同行しているのは、リディル王国の魔術師の頂点に立つ七賢人が一人。その名も……。

「〈沈黙の魔女〉だ！　〈沈黙の魔女〉が、たった一人で黒竜を撃退したらしい！」

興奮を隠せない様子のアランを、姉のアガサが眉《まゆ》をひそめて窘《たしな》める。

「アラン、それは些《いささ》か誇張がすぎますよ。いくら優れた魔術師だからって、一人で黒竜を追い払うだなんて……」

「本当なんだって！　〈沈黙の魔女〉は竜騎士団も連れずに、たった一人でウォーガン山脈に入って、黒竜を撃退したんだ！」

竜の鱗《うろこ》は非常に硬く、魔力耐性も高い。故に、並の魔術は簡単に弾《はじ》いてしまうと言われている。

竜を倒すなら鱗の薄い眉間《みけん》か、或《ある》いは眼球を狙《ねら》うしかない。

だが、飛行する竜を相手にそれがいかに困難かは言うまでもなかった。

実戦に長けた竜騎士団でも、竜退治には非常に苦戦すると聞く。

（それを……たった一人で？）

俄《にわ》かには信じ難い心地《ここち》で、イザベルはアランに訊《たず》ねた。

「……被害は？」

「死傷者ゼロです！」

イザベルの愛する領民が誰一人犠牲になることなく、歴史的な災害を回避することができたのだ。

これを奇跡と言わずして、何と言おう。

あぁ、とイザベルが感極まった声をあげたその時、アガサがハッと顔を上げて窓の外を凝視した。

「お待ちください、あれは……っ」

アガサの視線の先を目で追えば、空に黒い何かが見えた。

最初は鳥の群れかと思ったそれは、次第に大きくなっていく。

その輪郭が鮮明になった時、イザベルは全身の血が音を立ててひいていくのを感じた。

イザベルは窓を開けるとバルコニーに飛び出す。

そしてアガサが止めるのも聞かず、手すりから身を乗り出して空を見上げた。

「あれは……っ、翼竜っ……」

翼竜は竜の中でも下位種で、知性が低く、火を吐くこともない。だが、その機動力から繰り出される鋭い爪の一撃は人間にとって充分な脅威だ。

ある程度大きく育った翼竜は基本的に群れたりはしないが、己よりも上位種である大型竜が近くにいる時、翼竜は大型竜をボスにして群れをなす傾向がある。

おそらく空に見える翼竜の群れは、ウォーガン山脈の黒竜をボスにして集まったのだろう。

そして黒竜がいなくなったことで統率が取れなくなった翼竜達は、黒竜を追い払った人間に怒り、牙《きば》を剥《む》こうとしている。

イザベルは身を乗り出したまま翼竜の数を数える。その数が二〇を超えたところで、手すりから体を離し指を折るのをやめた。

竜の弱点は眉間か目。ゆえに翼竜を駆逐する際は、地面に引きずり下ろさなくてはならない。

縄付きの大型弓を撃って牛に縄を引かせ、地に引きずり下ろしたところでトドメを刺す。

言葉にするのは簡単だが、一匹駆逐するだけで多大な労力が必要になるのだ。その過程で犠牲が出ることも少なくない。

まして、竜と長年対峙してきたケルベック伯爵家でも二〇を超える翼竜だなんて前代未聞だ。

ギャアギャアとつんざくような鳴き声が次第に大きくなり、灰色の空を翼竜の群れが覆っていく。

「お嬢様、中にお入りくださいっ！」

アガサがイザベルの手を引いた瞬間、強い突風が二人の全身を襲った。屋敷に接近してきた翼竜が巻き起こした風だ。

風に飛ばされぬよう、バルコニーの手すりを握りしめたイザベルは、確かに見た。翼竜のギョロリと大きな目が、己を捉《とら》えるのを。

あぁ、とイザベルが絶望の吐息を漏らしたその時。


空に、門が開いた。

城の門よりも翼竜の体よりも、なお大きなその門は白い光で出来ており、門の周囲には同じ輝きを持つ魔法陣がいくつも浮かんでいる。

音もなく開いた門の奥から強い風が吹いた。その風は発光する門によく似た、白い光の粒子を纏《まと》っている。

白く輝く風、春を告げる者——そんな二つ名を持つ風の精霊王シェフィールドの吐息。

精霊王召喚。国内でも使い手は数えるほどしかいない、高度な魔術。

精霊王の吐息は術者の命じるままに鋭い槍《やり》に形を変え、空を覆う厚い雲を切り裂きながら、翼竜の眉間を貫いた。

翼竜達は断末魔の叫びをあげることすらなく、何が起こったのかも分からぬまま絶命し、一匹、二匹と地に落ちていく。

「あれ、は……」

地に落ちる翼竜の巨体は、それだけで脅威だ。下に人や建物があれば被害が増える。

だが眉間を貫かれて絶命した翼竜達の巨体はきらめく風に包まれて、まるで木の葉のようにヒラリヒラリと静かに地に落ち、積み重なっていった。

恐ろしく静かで、正確な魔術。それを行使したのは、翼竜の死骸《しがい》の前に立つ小柄な人物だ。

身に纏うは金糸の刺繍《ししゅう》を施したローブ。そのフードを目深に被《かぶ》り、身の丈よりも長い黄金の杖《つえ》を握りしめている魔術師。

その足元では、使い魔らしき黒猫がローブの裾《すそ》にじゃれついている。

ローブの人物は黒猫を抱き上げると、竜の死骸に背を向けて歩きだした。

リディル王国では、魔術師の杖の長さは、そのまま魔術師の格を表している。

そして、身の丈ほどの長い杖を持つことが許されているのは、この国でたった七人──七賢人だけ。

翼竜を撃ち落とした、あの小さな魔術師こそ、リディル王国が誇る魔術師の最高峰。

七賢人が一人〈沈黙の魔女〉。

「まぁ……まぁぁ……」

イザベルが知っている魔術とは、炎なり風なりが真《ま》っ直《す》ぐ対象に飛んでいくものである。すごいけれど、それだけだ。

飛翔《ひしょう》する翼竜の眉間を正確に撃ち抜き、落下する巨体を音もなく一箇所に集める……こんな繊細で美しい魔術を、イザベルは見たことがない。

イザベルは頬を薔薇色《ばらいろ》に染めて、救世主の起こした奇跡をバルコニーの上から見つめ続けた。

同時刻、この光景を少し離れたところから眺めている男がいた。

男の碧《あお》い目に映るのは、この静かで美しい魔術を行使した魔女の姿。

ほうっと感嘆の吐息を漏らし、男は小さく呟《つぶや》く。

「やっと見つけた……僕が、夢中になれるもの」

その声はまるで恋に落ちたかのように、熱を帯びていた。

Humans can't handle magical power without chanting.

人間は詠唱をしなくては魔力を扱うことはできない。

However, there is one girl genius

who have made the impossible possible.

ところが、その不可能を可能にしてしまった一人の天才少女がいた。

サイレント・ウィッチ

沈黙の魔女の隠しごと

Secrets of the Silent Witch

一章　同期が来たりて無茶を言う

……ふにふに。

ペンを握りしめたまま机に突っ伏して眠っていたモニカは、頬に柔らかい物が触れる感触で目を覚ました。

重たい瞼《まぶた》をノロノロと持ち上げれば、こちらを見つめる黒猫の金色の目と目が合う。

モニカの頬を肉球でふにふにと押していた黒猫は、モニカが目を覚ましたことに気づくと、ニンマリと目を細めて人間のように笑った。

「おいモニカ、朝だぞ。いつまで寝てるんだ。お前はアレか。王子様のキスが無いと起きないお姫様か？」

喋《しゃべ》る猫に驚くでもなく、モニカは目を擦《こす》りながら上半身を起こした。

モニカの使い魔であるこの黒猫は、人間の言葉を理解しているし、文字も読める。

暇さえあれば、前足で器用にページを捲《めく》りながら冒険小説などを読んでいて、モニカよりもずっと読書家だ。王子様のキスなんて表現も、きっと本で読んで覚えたのだろう。

「……うぅ、おはよう、ネロ。もう朝？　……顔、洗ってくる……」

モニカはマグカップに残った飲み残しの冷たいコーヒーを飲み干し、立ち上がる。

そうして黒猫のネロに背を向けて玄関の扉を開けると、夏の終わりを感じさせる涼やかな風が頬を撫《な》でた。

リディル王国のとある山の中にあるオンボロ小屋。それがモニカの暮らす家だ。

周囲に他の民家は無く、一番近くの村までは徒歩で一時間以上かかる。

家の裏手に回ったモニカは、小さい体を懸命に動かして井戸から水を汲《く》んだ。

最近は水道技術の発展がめざましく、大都市のみならず、この付近の村にも水道が普及しているけれど、山の中腹にあるこの小屋には、流石《さすが》に水道は引いていない。

都会育ちのモニカは、最初の内こそ不便に思ったりもしていたが、最近ではこの山小屋での暮らしにすっかり慣れていた。なにより、静かで人がいないのがいい。

モニカは飲料用の水を桶《おけ》に汲むと、ついでに物干《ものほ》し竿《ざお》に引っかけっぱなしにしていた衣類を回収して、小屋に戻った。

そうして思い出したように部屋の隅に置かれた姿見を見る。

少しは身なりに気を遣え、と知人に言われ、その人の手で無理やり持ち込まれた姿見は、このオンボロ小屋には不釣り合いに立派な品だった。

そんな立派な鏡に映っているのは、着古したローブを身につけた、ボサボサ髪で痩《や》せっぽっちの小柄な少女だ。

今年で一七歳になるというのに、実年齢に比べて貧相な体は青白く、まるで死人のよう。

適当に二つに分けて編んだ薄茶の髪は艶《つや》がなくパサパサで、藁《わら》の束よりも粗末な有様である。

伸び放題の前髪の下にある丸い目には、くっきりと隈《くま》が浮いていた。

正直、人前に出るのがはばかられるような酷《ひど》い有様だが、山小屋に引きこもっているモニカには、どうでもいい話である。

（あ、でも、今日は月に一度の物資を届けてもらう日だっけ……）

人見知りが激しく、店での買い物が苦手なモニカは、麓《ふもと》の村の人間に頼んで、食料などを届けてもらっているのだ。

やっぱり髪を編み直そうか少し迷っていると、小屋の扉がドンドンとノックされた。

「モニカ、食料届けにきたわよー！」

快活な少女の声にモニカはビクッと肩を震わせ、ローブのフードを深々と被る。

その間にネロはヒラリと棚に飛び乗った。

「客人か。じゃあオレ様、猫のフリしてるな。にゃぁ」

「う、うん」

ネロに頷《うなず》き、モニカはビクビクしながら扉を開ける。

扉の前には荷車が置かれており、そばには一〇歳ぐらいの少女が佇《たたず》んでいた。

焦茶の髪を首の後ろで括《くく》った勝気そうな少女だ。この近くの村の少女で、名をアニーという。

モニカのところに荷物を届けにきてくれるのは、もっぱらこの少女の役目だった。

モニカは扉の陰からちょっとだけ顔を覗《のぞ》かせて、ビクビクとしながら「こ、こんにちは」と声をかける。

そんなモニカの態度にもアニーは慣れたもので、モニカを押しのけるように扉を大きく開けると、食料の包みを持ち上げた。

「荷物、中に運び込むから。扉、押さえててね」

「う、うん……っ」

モニカがビクビクしながら頷くと、アニーは手際良く荷物を中に運び込んだ。

モニカの暮らす小屋は家具こそ少ないが、テーブルの上も床の上も、紙の束や本が散らかっていて、足の踏み場もないような有様である。

寝台なんてとっくに書類で埋め尽くされていて、横たわることもできない。

だから、最近のモニカは椅子に座ったまま寝るのが習慣になっていた。

「相変わらず酷い家！　ねぇ、この紙の束は大事なもの？　捨てていいもの？」

「ぜ、全部、大事！」

アニーは胡散臭《うさんくさ》そうな目で、床を占領している紙の束に目をやった。

「ねぇ、これって数式よね？　何を計算しているの？」

アニーは文字が読めるし、職人の娘なので数字に強い。まだ一〇を少し過ぎたぐらいの年だが、同年代の子どもと比べて頭の良い少女だ。

そんなアニーでも、ここに記されているものは理解不能な数字の羅列にしか見えないようだった。

モニカは俯《うつむ》き、アニーと視線を合わせないようにしつつ答える。

「えっと、そっちのは……ほ、星の軌道の計算式……」

「じゃあこれは？　なんか、植物の名前がいっぱい書いてあるけど」

「……そ、それは……植物の肥料の配合を計算して、表にまとめたもので……」

「じゃあこれは？　なんか、魔法文字？　みたいなのが、書いてあるけど」

「……ミ、ミネルヴァの教授が提唱した、新しい複合魔術式の、試算……」

ぶかぶかのローブの袖《そで》をいじりながら小声で答えるモニカに、アニーは猫目を丸く見開いた。

「魔術式？　モニカって魔術が使えるの？」

「……あ、えっと、その…………えっと……」

モニカは口ごもり、視線を右に左に彷徨《さまよ》わせる。

棚の上で寝たふりをしているネロが「おいおい大丈夫かよ」とでも言いたげに、にゃあと鳴いた。

モニカがいつまでもモジモジと指をこねていると、アニーは軽く肩をすくめて笑う。

「なぁーんて、使えるわけないよね。魔術が使えたら、こんな山の中で隠遁《いんとん》生活なんてしないで、王都で活躍してるはずだもん」

魔術──それは魔力を用いて、奇跡を起こす術のことである。

かつては貴族が独占していた秘術でもあったのだが、近年は庶民にも学ぶ機会が与えられるようになった。

それでも魔術を学ぶための機関に入るには、相応の財力か才能が必要で、誰《だれ》でも気軽に学べるようなものではない。もし庶民出身で魔術師になった者がいたなら、それは大出世と言って良いだろう。

例えば上級魔術師なら貴族のお抱えか、或《ある》いは魔術師の花形とも言える魔法兵団に就職できる。

こんな山小屋で暮らすモニカが魔術師のわけがない、というアニーの指摘はもっともだった。

「ねぇねぇ、モニカは知ってる？　三ヶ月前にね、東の国境が竜害にあったんだって」

ローブの下でモニカの肩がピクリと震え、棚の上で寝たふりをしていたネロも片目を開けた。

棚の下にだらりと垂れたネロの尻尾《しっぽ》が、ゆらゆらと時計《とけい》の振り子のように揺れる。

「大型の翼竜がね、群れをなして人里に現れたんだって！　その数なんと二〇以上！」

翼竜は名前の通り、翼を持った竜だ。竜の中でも知性の低い下位種だが、群れになると非常に手強《ごわ》い。狙《ねら》われるのは家畜が多いのだが、飢えた翼竜が人間を襲うことも近年は珍しくなかった。

「そんでね！　そんでね！　その翼竜達の群を統率していたのが、なんと！　伝説の黒竜だったんだって！　その名も悪名高いウォーガンの黒竜！」

竜の中でも黒竜や赤竜など、色の名前を持つ竜は上位種と呼ばれ、とりわけ危険視されている。

その中で最も危険と言われているのが黒竜だ。

黒竜の吐く特殊な炎、黒炎は上級魔術師の防御結界をも無慈悲に焼き尽くす禁忌の炎である。

ひとたび黒竜が暴れだせば、国が焦土と化してもおかしくはない。まさに伝説級の危険生物。

「それでね！　竜騎士団が黒竜討伐に向かったらしいんだけど、そこに七賢人が一人、同行していたらしいの！　あっ、七賢人って分かる？　この国の魔術師のトップの七人でね、とにかくすごい魔術師なんだけど」

「へ、へぇ……」

「最年少の七賢人〈沈黙の魔女〉！　彼女がたった一人で黒竜を撃退して、翼竜を全部撃ち落としたんだって！」

田舎村《いなかむら》では、この手の噂話《うわさばなし》は貴重な娯楽である。

アニーの目は、それはもうキラキラと輝いていた……が、モニカはそれどころではなかった。

「〈沈黙の魔女〉はね、現存する魔術師の中で唯一の無詠唱魔術の使い手なんだって！　魔術はね、基本的に詠唱が絶対に必要なんだけど、〈沈黙の魔女〉はその詠唱を必要としないの！　詠唱無しで強力な魔術をバンバン使っちゃうんだって！」

モニカは無言で胃を押さえた。胃が引き絞られるかのように痛い。

気持ちの良い夏の朝でありながら、モニカは全身をぐっしょりと汗で濡《ぬ》らしていた。

「そ、そうなんだ……」

モニカがぎこちなく相槌《あいづち》を打つと、アニーは両手を頬に添えてうっとりと呟《つぶや》く。

「はぁ、あたしも一度でいいから見てみたいなぁ。本物の七賢人」

こんな田舎では、七賢人はおろか中級以下の魔術師だって滅多にお目にかかれない。だからこそ、アニーは魔術師に対し、憧《あこが》れに近いものを抱いているのだろう。

モニカはキリキリと痛む胃を押さえつつ、戸棚の革袋から銀貨を数枚取り出した。届けてもらった食料の代金とアニーの駄賃だ。

「こ、これ……いつも、ありがとう」

ボソボソと礼を言って、モニカは銀貨をアニーの手に握らせた。

アニーは銀貨の枚数を数えて首を捻《ひね》る。

「いつもながら、こんなに貰《もら》っていいの？　ここにある食料の二倍近い額だよ、これ」

「と、届けて、もらってる、から……余ったのは、アニーのお小遣いにして、いいよ」

これが普通の子どもなら、わぁいと喜んで硬貨を懐にしまうところだが、アニーは賢い少女だった。

分不相応な報酬に、アニーはモニカを探るような目で見る。

「モニカって、お仕事は何してる人なの？」

「え、えっと……計算？」

「数学の博士《はかせ》なの？」

「そんな……感じ……かな。うん……」

ここに持ち込まれた書類の山は、どれも統一感の無いものばかりだ。

星の軌道、肥料の配合の他にも、人口統計やら、税収やら、商品の売上の推移やら、とにかくありとあらゆる数字に関する資料が、この山小屋には一見無秩序に、モニカにしか分からない秩序に則《のっと》り、並んでいる。

アニーは数学の博士という説明に、それなりに納得してくれたらしい。

「ふぅん、じゃあ、昨日《きのう》からうちの村に来てる人も数学の博士なんだ」

「……え？」

「モニカの同僚って人がね、うちの村に来てたの。モニカの小屋に行きたいって言ってたから、あたしが道を教えたんだ。もうすぐ来ると思うよ」

同僚。

その一言に、モニカの顔はみるみる青ざめる。

モニカはぶかぶかのローブの下で体をガタガタと震わせつつ、歯の根の合わぬ声でアニーに訊《たず》ねた。

「そ、その人って、どっ、どっ、どんな、人っ……？」

「私です」

よく通る声は、モニカの背後で響いた。

モニカの喉《のど》がヒィッと鳴る。

ギクシャクと振り向けば、そこには艶やかな栗色《くりいろ》の髪を三つ編みにした美丈夫が扉にもたれて微笑《ほほえ》んでいた。

そのそばには、メイド服を身につけた金髪の美女が控えている。

男の方が身につけているのは立派なフロックコートにステッキ、片眼鏡《かためがね》。どこから見ても、洗練された上品な紳士である。

なにより、どこか女性的な線の細い顔立ちは、大抵の女性ならうっとりと見惚《みと》れそうな程に整っていた。

だが、モニカは恐怖に目を剥《む》き、必死で悲鳴を噛《か》み殺《ころ》す。

「ルルルル、ルイ、ルイ……ス、さん……」

「人の名前を、ルルルル・ルイルイスなどと、愉快な名前にしないでいただけますかな？」

「ひぃっ、ごめっ、ごめんなさっ……」

男は半ベソのモニカには目もくれず、アニーにニッコリ笑いかけた。

そして少女の手を取り、そこに飴玉《あめだま》を載せる。

「道を教えてくださり助かりました。お嬢さん」

「どういたしまして」

美貌《びぼう》の客人にアニーはニッコリと淑女らしい礼を返すと、飴玉をポケットに放り込む。

「それじゃあ、お仕事の話の邪魔をしちゃ悪いから、あたしはこれで失礼するわ。バイバイ、モニカ。また一ヶ月後に！」

アニーはヒラヒラと手を振ると、いつもより淑《しと》やかな足取りで小屋を出て行った。

荷車を引くガラゴロという音が遠ざかっていくのを絶望的な気持ちで聞きつつ、モニカは目の前の男を涙目で見上げる。

フロックコートとステッキで擬態しているが、本来の彼は金糸の刺繍《ししゅう》を施したローブを身につけ、立派な杖《つえ》を握りしめている魔術師である。背後に控えているメイド服の美女は、人間ではなく彼と契約している精霊だ。

「お、お久しぶりです……ルイス、さん」

震える声で挨拶《あいさつ》をすれば、男は胸に手を当てて、優雅に一礼をした。

「ええ、お久しぶりです。七賢人が一人〈沈黙の魔女〉モニカ・エヴァレット殿」

＊　＊　＊

魔力を行使して奇跡を起こす魔法。その中でも、詠唱によって魔術式を編み、魔力を行使する術を魔術という。

魔力の行使に長《た》けた精霊などの種族であれば、魔術式も詠唱も必要としないのだが、人間は詠唱をしなくては魔力を扱うことはできない。

短縮詠唱という技術で詠唱を短縮することはできるが、それでも数秒の詠唱は必要なのだ。

ところが、その不可能を可能にしてしまった一人の天才少女がいた。

名をモニカ・エヴァレット。人見知りでまともに人間と話ができず、山小屋に引きこもっているこの少女こそ、リディル王国における魔術師の頂点、七賢人が一人〈沈黙の魔女〉である。

モニカは現存する魔術式の全《すべ》てを無詠唱にできるわけではないが、およそ八割程度の術を無詠唱で行使することができる。

魔術師の最大の弱点は詠唱中に無防備になること。ともなれば詠唱時間が戦場において、いかに生死を左右するかは言うまでもない。

上級魔術師の中には、短縮詠唱を使って詠唱時間を半分にする者もいるが、それでも無詠唱ができる者は世界でもモニカ一人しかいない。

だからこそ、モニカ・エヴァレットは今から二年前、弱冠一五歳にして七賢人に選ばれたのだ。

そんな天才少女が、無詠唱魔術を習得するに至った経緯は、実に単純明快である。

超絶人見知りであがり症のモニカは、人前でまともに話すことができなかったのだ。

アニーを相手にしていた時はまだましな方で、面識がない相手や苦手なタイプを前にすると、痙《けい》攣《れん》して声を発することすらできなくなる。最悪、吐くか卒倒する。当然、詠唱なんてできるはずがない。

今から数年前、魔術師養成機関に通っていたモニカは、実技試験で詠唱ができず不合格になり、落第寸前の身であった。そこでモニカは考えた。試験官の前だと緊張して詠唱ができない。ならば、詠唱をせずに魔術を使えば良いのだ、と。

普通なら人見知りとあがり症を克服する努力をするところだが、モニカの発想は斜め上をかっ飛んでいき、そして恐ろしいことに、そのまま才能を開花させてしまった。

かくして、これっぽっちも感動的ではない理由でモニカは無詠唱魔術をマスターし、トントン拍子に七賢人になってしまったのである。

まさに、斜め上の努力の行き着いた果てであった。

＊＊＊

モニカが暮らす山小屋には椅子が二つしかない。その内の一つも書類が山積みになっていて、滅多に使われることはなかった。

モニカは椅子の上に積み上げられた大量の書類を見て、持ち上げることを諦《あきら》めると、書類に指先を向ける。

すると、山のように積み重なっていた書類は、まるで一枚一枚が意思を持っているかのようにパラパラと舞い上がり、椅子から机の上に移動した。

魔術で風を起こすことは、さほど難しくはない。だが、書類一枚一枚を狙《ねら》った場所に移動させるには、繊細な魔力操作技術が必要になる。

それを、まるで当たり前のことのように——しかも無詠唱でこなしたモニカに、ルイスが細い眉《まゆ》をピクリと震わせた。

「相変わらず才能を無駄遣いしまくっているのですね、同期殿？」

モニカを同期殿と呼ぶこの男もまた魔術師であり、七賢人の一人でもあった。

その名も〈結界の魔術師〉ルイス・ミラー。

年齢はモニカより一〇歳年上で、今年で二七歳だが、モニカと同時期に七賢人になったので、モニカのことをしばしば同期殿と呼ぶ。

ルイスは黙っていれば繊細そうな美しい男だが、竜の単独討伐数で歴代二位を誇る叩《たた》き上げの武闘派魔術師である。

魔法兵団の団長を務めたこともあり、その辣腕《らつわん》ぶりに魔法兵団の団員達から恐れられているとかなんとか。

（ルイスさん、何の用事だろう……ま、まさか、また、竜討伐に行けとか言うんじゃ……）

とにかく怒らせると怖いので、モニカはビクビクプルプル震えながら、書類の片付いた椅子をルイスに勧めた。

ルイスは椅子に足を組んで座ると、背後に佇《たたず》むメイド服の女に目を向ける。

「リン、防音結界を」

「かしこまりました」

リンと呼ばれたメイドがコクリと頷《うなず》いた瞬間、小屋の周囲の音がパタリと消えた。

風の音も、鳥の鳴き声も、ありとあらゆる音が、小屋の中と外とで隔てられたのだ。

棚の上で寝たふりをしていたネロが気持ち悪そうにヒゲをヒクヒク震わせて、金色の目でメイド服の女を見た。

すらりと長身の美しい女だ。だが整った顔は無表情で、どこか人形めいている。

詠唱も無しに結界を張ることができたのは、彼女が人間ではなく上位精霊だからだ。上位精霊を従えている魔術師は、国内でも一〇人程しかいない。

「さて、今日は、貴女《あなた》に頼みたいことがあって参りました」

風の上位精霊
リィンズベルフィード
（リン）
結界の魔術師
ルイス・ミラー

「……た、頼み、です、か？」

警戒心を隠そうとしないモニカに、ルイスはニコリと優雅に微笑むと、手袋をした手を組んで顎《あご》を乗せた。そうした仕草が、いちいち絵になる男である。

「ええ、実は私、先月から国王陛下の密命で、第二王子の護衛をしておりまして」

「……えっ？」

ルイスの言葉にモニカは目を丸くした。

この国には、母親の違う三人の王子がいる。

今年で二七歳になるライオネル王子、一八歳になるフェリクス王子、一四歳になるアルバート王子。この三人の誰《だれ》が次期国王になるかで、国内貴族達の意見は割れていた。

モニカはこの手の権力闘争に無関心なので、人伝《ひとづて》に聞いた程度の知識しかないが、第一王子派と第二王子派がほぼ同数、第三王子派がやや劣勢らしい。

七賢人の中でもこの派閥はあり、〈結界の魔術師〉ルイス・ミラーは第一王子派の代表格であった。

そのルイスが何故《なぜ》、第二王子の護衛を命じられたのか？　違和感にモニカは眉をひそめる。

「あ、あの、ルイスさんは……第一王子派、です、よね？」

「ええ、それなのに何故、陛下は私に第二王子の護衛を命じたのか……思うところはありますが、憶測で陛下の御心《おこころ》を語るのは不敬ですので、ここではやめておきましょう。重要なのは、陛下が私に『第二王子にも気づかれぬよう護衛せよ』と命じたことです」

「……第二王子に、気づかれないように、ですか？」

護衛対象に気づかれずに護衛するというのが、どれだけ大変かは語るまでもない。

何故、国王は第一王子派のルイスに第二王子の護衛を命じたのか？

何故、第二王子に気づかれないようにする必要があるのか？

混乱するモニカに、ルイスは淡々と言葉を続ける。

「先程も申し上げました通り、第二王子のフェリクス殿下は今、全寮制の名門校セレンディア学園に通っています。その殿下に気づかれぬように護衛するとなると……まぁ、学園に潜入するのが妥当なのですが」

ルイスが学園に潜入。正直、あまりピンとこない話である。

何より〈結界の魔術師〉ルイス・ミラーは知名度が高く、顔も知られている。おまけに、この目立つ容姿である。どう考えても潜入向きじゃない。

ルイス自身もそれを自覚しているらしく「まぁ、無理でしょうね」とあっさり言った。

「なによりあの学園は、第二王子派筆頭のクロックフォード公爵の息がかかっているので、潜入が難しいのです」

クロックフォード公爵は第二王子の母方の祖父にあたる人物で、国内でも有数の権力者である。端的に言って、ルイスとは水と油の関係だ。

内密に護衛をしたいルイスに、協力してくれるとは考えにくい。

「が、学園の中に入れないなら……どうやって護衛するんですか……？」

「そこで私が用意したのが、この護身用の魔導具です」

ルイスは懐から小さな布包みを取り出して机に載せた。

布に包まれていたのは、砕けたブローチだ。中央に飾られた大粒のルビーには亀裂が入っており、留め金の繊細な金細工は盛大にひしゃげている。

ルイスがモニカにも見えるようにルビーをつまみ上げた。

亀裂の入ったルビーと露《あら》わになった台座には、それぞれ魔術式が刻まれている。それを見ただけで、モニカは魔術式の意味するものを概《おおむ》ね理解した。

「……き、危険察知、小範囲の物理・魔術防壁、追跡と伝令の複合結界……ですか？」

「一目で見抜くとは流石《さすが》ですな。ええ、これは私が丹精込めて作った護身用の魔導具です」

魔導具は特殊な加工を施した宝石等に魔力を付与し、魔術式を組み込んだ道具である。

魔術が使えない者でも、その恩恵に与《あずか》れる非常に便利な道具なのだが、まだ一部の上流階級にしか流通していない超高級品だ。

ましてや、この国でもトップの魔術師である七賢人が作った物となれば、到底値段をつけられない。下手をしたら、王都に家が二つ三つは買えてしまう。

ルイスはひびの入ったルビーをつまみ上げて、窓から差し込む日の光に透かした。

「このブローチは、サファイアとルビーで一対のブローチとなっています。ルビーの持ち主はサファイアの持ち主の居場所を常に把握することができる。また、サファイアの持ち主がなんらかの攻撃を受けたら防御結界が発動。その時は、このルビーが輝いて反応する……というものです」

改めて魔導具に刻まれている魔術式を眺めたモニカは、しばしの沈黙の末、おずおずとルイスに訊《たず》ねた。

「あ、あの、それってつまり……第二王子を守るためというより……監視するための魔導具、ですよね？」

　モニカの指摘に、ルイスは後ろめたいことなど何もないと言わんばかりに、爽《さわ》やかに笑う。

「護衛対象の動向を気にするのは、当然のことでしょう？」

「ば、バレたら怒られるんじゃ……」

「どうやら我が同期殿は、いささか生真面目《きまじめ》がすぎるようで……そんな貴女に、この名言を授けましょう」

　ルイスは胸元に手を当て、聖句を口にする聖職者のような清らかさで言った。

「『バレなきゃ良いんですよ。バレなきゃ』」

「………………」

　良いのかなぁ、と思わずにはいられないが、確かに魔導具に刻まれた魔術式など、簡単に読み取れるものではない。

　ましてルイスの作った魔導具は非常に複雑な魔術式を複数使用しているのだ。上級魔術師でも、簡単に見抜くことはできないだろう。

「私はこれを陛下経由でフェリクス殿下に渡してもらいました。私が作った魔導具であることは伏せて、父親から息子へのプレゼント、という体で」

　あとは第二王子がこのブローチを肌身離さず身につけていれば、ルイスは常に第二王子の動向を監視でき、非常時にもすぐ対応できる。

　そもそもセレンディア学園自体が、クロックフォード公爵の手で厳重に管理されているのだ。王子の命を狙《ねら》う悪漢が簡単に侵入できるものではない。

だから、そうそう滅多なことはないだろう……と、ルイスも高を括《くく》っていたらしい。

「ところが、私が一週間ほぼ不眠不休で作ったこの魔導具は、陛下がフェリクス殿下に贈った翌日に砕けたそうです。一週間ろくに休まず作ったのに、渡して一日で……いやぁ、対になっているルビーが割れた時は、愉快すぎて笑ってしまいましたよ。はっはっは」

ルイスの笑い声はすさまじく棒読みで、目はこれっぽっちも笑っていなかった。

いや、そもそも笑いごとではない。ルイスの手元にあるルビーが割れたということは、第二王子に何かしらの危険があったということなのだ。

「そ、それって……第二王子は……無事だったん、ですか？」

「この魔導具が発動した時、私は寝不足の体に鞭打《むちう》って、大至急学園に駆けつけました。そしたら、何と言われたと思います？」

片眼鏡の奥で、ルイスの目がギラリと底光りする。

「殿下は、なにごとも無かったと言うのです。ブローチは不注意で割ってしまったのだと」

ルイスの手の中で、ルビーがピキッピキッと硬質な音を立てた。手袋をした指の隙間《すきま》から、ルビーの破片がパラパラとこぼれ落ちる。

「私が作った物が、そう簡単に壊れるはずがありません。まして、あのブローチには保護術式を複数かけているのです。それを上回るほどの衝撃を受けたことは明白……ところがフェリクス殿下はそれを隠している」

いよいよ話がきな臭くなってきた。嫌な予感がする。嫌な予感しかしない。

ルイスは粉々になったルビーの残骸《ざんがい》を机の上にパラパラと散らして、馬鹿力に見合わぬ優美な笑みをモニカに向けた。

「さて、ここまで言えば、私の言いたいことは分かりますな？」

モニカは全力で首を横に振った。藁《わら》のようなおさげが右に左にブンブン揺れる。

だが、そんなモニカの態度など目に入らぬとばかりに、ルイスは告げた。

「ちょっと私の代わりに学園に潜入して、殿下を護衛してきてください」

ちょっとハンカチ貸してくださぃ、と言わんばかりのノリだが、言っていることはとんでもない無理難題である。

「むっ、無理、ですっ！　どうしてわたしが……っ」

「だって、私は有名人ですから。ほら、この美貌《びぼう》。どんなに変装しても隠しきれるものではないでしょう？　その点、貴女は社交界には出ないし、式典でもフードを被《かぶ》って俯《うつむ》いているから、顔を知られていない。なにより……」

ルイスは言葉を切り、うっとりするほど美しい笑みを浮かべて言った。

「こんな地味な小娘が七賢人だなんて、誰も思わないでしょう」

暴言である。

棚の上のネロが「怒れ！　言い返せ！」と視線で語りかけてくるが、気の弱いモニカは「無理ですぅ」とベソベソ泣きじゃくるのが精一杯だ。

「わ、わたし、誰かの護衛なんて、やったこと、ありません……」

「素人《しろうと》だから良いのです」

「……へっ？」

意外な言葉にモニカの涙が一瞬止まる。

ルイスは物憂げに視線を落とし、首を横に振った。

「殿下は非常に勘の良い方でして……魔法兵団の人間をこっそり護衛につけたら、すぐに見抜かれてしまったのですよ。殿下は幼い頃《ころ》から、護衛に囲まれて育っていますから、護衛を見抜くのが上手《うま》い。だからこその貴女《あなた》なのです」

そうしてルイスはモニカを真《ま》っ直《す》ぐに見据えると、力強く言い放つ。

「流石の殿下も、ど素人感丸出しの小娘が護衛だとは思いますまい」

「…………」

「なにより貴女の無詠唱魔術は、周囲に気づかれずに発動できるので、内密の護衛に最適でしょう？　今回の任務、貴女ほどの適任者はいません」

ルイスはいかにもそれっぽく理屈を並べ立てているが、モニカには魔導具を壊されたルイスが、王子にひと泡吹かせようとしているようにしか見えなかった。

それでもモニカが何も言い返せずに黙りこくっていると、ルイスはこれ見よがしにため息をついてみせる。

「貴女と私が七賢人に就任して、かれこれ二年が経《た》ちますな……この二年間、貴女のした仕事と言えば、引きこもって紙と向き合うばかり」

「さ、三ヶ月前に、竜討伐も、しましたぁ……っ」

「私はこの三ヶ月で、一〇回は竜討伐してますけど何か？」

七賢人は明確な上下関係が定められているわけではないが、就任して日が浅いモニカとルイスは、どうしても雑用を回されやすい。

この二年間、ルイスは主に竜討伐に駆り出され、モニカは書類関係の雑用を担当していた。

この小屋にある書類の殆《ほとん》どが、他の七賢人にモニカが「数字のお仕事をください」と頼みこんで、引き受けたものである。

「これは数学者か帳簿番の仕事です。良いですか？　貴女は我がリディル王国の頂点に立つ魔術師、七賢人なのですよ？　貴女にしかできない仕事があると思いませんか？　思うでしょう？　思いますよね？　思いなさい？　……思え？」

最後はまさかの命令形である。血も涙もない。

「で、でも、わたしなんて、七賢人になれたのも補欠合格みたいなもので……」

「第二王子護衛に関する人選を、陛下は私に一任されています。つまり……貴女に拒否権はないのですよ、同期殿？」

肩を掴《つか》まれ、至近距離から剃刀《かみそり》のようにギラギラと光る目に見据えられ、モニカは反射的に頷《うなず》いた。頷いてしまった。

ルイスは物騒な笑みを引っ込めると、モニカの肩から手を離す。

「分かればよろしい。なお、この任務は国王陛下直々に命を下されたもの……失敗したら処刑、なんてこともありえるので心して聞くように」

処刑の一言に、モニカは震えあがった。

そんな恐ろしい任務など受けたくない。受けたくないが、一度でも頷いてしまった以上、もうルイスはモニカを逃がしてはくれないだろう。

モニカにできることは、第二王子が卒業するまでの一年間、何がなんでも正体を隠して護衛し、任務を全うすることだけだ。

モニカが嫌々ながら覚悟を決めると、ルイスは滑らかな口調で語りだした。

「さて、それでは早速、具体的な作戦を説明いたしましょう。今から数年前、リディル王国東部ケルベック伯爵領にある某修道院に、身寄りのない哀れな娘がいました」

「……はぁ」

「そんな哀れな娘に、ケルベック前伯爵夫人は亡き夫の面影を見出《みいだ》し、娘を養女にします。娘はケルベック前伯爵夫人に可愛《かわい》がられて、幸せに育ちました」

「いいお話、ですね」

モニカの素朴な感想にルイスは芝居がかった仕草で首を横に振り、悲愴感《ひそうかん》たっぷりの声で言った。

「しかしある時、高齢だった夫人は病に倒れ、とうとう帰らぬ人となってしまいます」

「そんな……」

「後見人を失った娘は伯爵家の人間に疎《うと》まれ、伯爵令嬢の使用人としてこき使われていました。そして、その伯爵令嬢が貴族の子女の通うセレンディア学園に入学することが決まると、哀れな娘も伯爵令嬢の世話係として一緒に編入させられることとなったのです」

「か、可哀想《かわいそう》……」

「はい、この可哀想な娘が貴女の役です」

モニカはたっぷり一〇秒近く沈黙してから、口を開いた。

「……はい？」

「今の設定で、貴女にはセレンディア学園に潜入してもらいます。編入前にしっかり頭に叩《たた》き込《こ》んでおくように」

大真面目《おおまじめ》にとんでもない設定をぶちまけるルイスに、モニカは冷や汗まみれになりながら、か細い声で言った。

「あの……も、盛りすぎて、何が何やら」

「これぐらい厄介な事情なら、誰《だれ》も深入りはしないでしょう。なお、設定はこちらの本を参考にしました」

ルイスの背後に控えていたメイド服の上位精霊、リンがスッと一冊の本を取り出した。

作者の名前はダスティン・ギュンター。ネロが最近お気に入りの小説家である。

リンは恭しい手つきでモニカに本を差し出しながら言う。

「伯爵令嬢にいじめられているヒロインが王子の目に留まり、やがて王子と禁断の恋に落ちるラブロマンスです。伯爵令嬢の陰湿かつ陰険ないじめの手口が実に凝っていて、大変興味深い一冊かと」

リンの解説に、棚の上のネロが興味津々の顔で尻尾《しっぽ》をゆらゆらと揺らした。

この小屋にもダスティン・ギュンターの本は何冊かあるが、どれも古いものばかりである。一方、リンが手にしている本は最新作。ネロが興味を示すのも当然だ。

まごまごしているモニカに、リンは本をそっと握らせる。

「お貸しいたします。どうぞ参考にしてください」

何をどう参考にしろと言うのか。

モニカは申し訳程度に、本のページをパラパラと捲《めく》った。

魔術書の類なら何時間でも読んでいられるのだが、この手の娯楽小説には馴染《なじ》みが薄いので、内容がどうにも頭に入ってこない。

「あ、あの……ルイスさんの考えた設定だと、わたしはケルベック伯爵令嬢と一緒に編入することになると、思うのですが……」

「ええ勿論《もちろん》！　ケルベック伯爵には事情を話し、一人娘のイザベル嬢に協力をお願いしております」

モニカは目を剥《む》いた。

「あ、あんな無茶な設定なのにっ⁉　ケルベック伯爵家に、ごっ、ごご、ご迷惑、が……」

なにせ、ルイスの考えた設定を貫くとしたら、ケルベック伯爵と、その娘のイザベル嬢が悪者になってしまう。

それはあまりにも申し訳なさすぎると青ざめるモニカに、ルイスは余裕たっぷりの態度で言った。

「ケルベック伯爵の名に、聞き覚えは？」

「え？　えっと……」

数字には強いモニカだが、人名や地名を覚えるのは実はあまり得意ではない。

それでもケルベック伯爵という単語は、モニカの記憶にほんの少し引っかかった。比較的最近聞いた記憶がある。

「あ……竜退治……」

「いかにも。三ヶ月前、貴女がウォーガンの黒竜を撃退した地域……それこそがケルベック伯爵領なのです。伯爵は貴女に深く感謝しておられる。それこそ〈沈黙の魔女〉殿のためならば、どんな協力も厭《いと》わないと」

ケルベック伯爵はウォーガンの黒竜を撃退したモニカに大層感謝し、竜討伐の礼にと宴《うたげ》を用意してくれた。

だがモニカはそれを辞退し、逃げるようにこの小屋に帰ってきたのだ。だからモニカはケルベック伯爵とも、その令嬢とも面識はない。

宴を辞したことで気を悪くされたのではないかと、モニカは内心ビクビクしていたのだが、ケルベック伯爵はそんなモニカのことを「〈沈黙の魔女〉様は、なんと遠慮深い方なのだ！」と受け取ったらしい。

「ケルベック伯爵と、そのご令嬢には、先程の設定を既にお伝えしておりますよ。ケルベック伯爵は『いやぁ、まるでバラッドのようではありませんか』とノリノリでして」

「の、ノリノリ……」

「イザベル嬢など『これが今流行《はや》りの悪役令嬢ですのね！』と目を輝かせておりました」

「は、流行ってるんですかぁ……？」

なんでもルイスが参考にした小説は王都で大流行中らしい。

イザベル嬢は、わざわざ王都から新作を取り寄せているほどの大ファンなのだとか。

「イザベル嬢は、貴女をいじめる悪役令嬢になりきるべく、今から役作りに励んでおられます」

「…………」

「というわけで、貴女は学園に潜入し、イザベル嬢にいじめられつつ、第二王子の護衛に励んでください。なぁに、いじめられっ子の役はお得意でしょう？」

「…………」

モニカは返事をすることができなかった。

何故《なぜ》なら、半ば意識を失っていたからである。

そもそもケルベック伯爵に協力を取り付けている時点で、ルイスはモニカを逃す気など更々なかったのだ。

＊　＊　＊

ルイスとリンが一度小屋を引き上げた後も、モニカは放心状態で床にへたりこんでいた。

ルイスは明日同じ時間に迎えに来るから、荷物をまとめておけと言っていたけれど、正直、何から手をつければ良いか分からない。

「おい、モニカ。息してるか？　おーい？」

へたりこんでいるモニカの足を、ネロの前足がテシテシと叩いた。

いつもなら、そのぷにぷにの肉球の感触に癒《いや》されるところだが、今のモニカにはそんな余裕など無い。

「どうしよう……護衛なんて、で、できない……わたしなんて、補欠合格の七賢人なのに……」

「さっきも言ってたけどよぉ、『ほけつごーかく』って、どういうことだ？」

人間の事情に詳しくないネロが首を捻《ひね》った。

モニカはズビズビと洟《はな》を啜《すす》りながら、二年前の七賢人選抜試験のことを思い返す。

「に、二年前に、七賢人の選抜があって……」

「おぅ」

「……わたし、面接で……緊張しすぎて、過呼吸になっちゃって」

「おぅ」

「……あんまり覚えてないけど、白目剥いて泡吹いて倒れたって……」

ネロは半眼で尻尾を揺らす。

「……なんでそれで七賢人になれたんだ」

「た、たまたま、当時七賢人だった方が急病で七賢人を辞めることになって……合格枠が二つになったの。それで、わたし、お情けで七賢人に選ばれて……」

誰かに聞かされたわけではないが、本来の合格者はルイス一人だったのだろうとモニカは確信している。

ルイスは優秀な魔術師だ。魔法兵団の元団長で、実績も実力も申し分ない。一方モニカは年がら年中研究室に引きこもっている、計算だけが取り柄の小娘なのだ。比べるまでもない。

「補欠で七賢人になったわたしなんかに、王子様の護衛なんて……む、無理っ、絶対無理ぃぃぃっ」

両手で顔を覆って項垂《うなだ》れるモニカを慰めるように、ネロは肉球でモニカの足をぽむぽむ叩く。

「そんなに嫌なら逃げちまえばいいじゃねーか」

「だ、だめ、わたしが逃げたら……ルイスさんは絶対に、地の果てまでも追いかけてくる……っ」

〈結界の魔術師〉ルイス・ミラーは、貴族的な振る舞いが似合う美しい男だが、国内でも有数の武闘派魔術師だ。

あの手袋の下には、立派な殴りダコがあることをモニカは知っている。

「おい、あいつは本当に人間か？　七賢人じゃなくて冥府《めいふ》の番人の間違いじゃないのか？」

「それぐらい怖い人なの！」

もはや自分に逃げ道などないということを、モニカは理解していた。それでも怖いものは怖い。

モニカがズビズビと洟を啜っていると、ネロは尻尾を振りながら提案した。

「よし、それなら前向きに考えようぜ。お前はこれから王子様の護衛をするんだ。王子様ってのは、あれだ。すげーカッコいいんだろ？　キラキラしてるんだろ？　人間の雌はみんな王子様が大好きなんだろ？」

「……よく分かんない」

「七賢人って、なんか式典とかに出るんだろ？　王子様の顔を見たことあるんじゃないのか？」

モニカはゆるゆると首を横に振った。

あがり症で人の多いところが苦手なモニカは、式典の最中はずっとローブを目深に被《かぶ》って俯《うつむ》き、式典が終わるまで息を潜めてやりすごすのが常である。玉座の国王の顔すら、まともに見たことがない。

「なぁ、モニカ。オレ様思ったんだけどよぉ」

「……うん」

「護衛対象の顔が分からないって、割と致命的じゃね？」

「……どうしよう」

正直に「第二王子の顔が分かりません」なんてルイスに言えるはずもない。まして、今回の任務は失敗したら……。

頭の中を飛び交う「処刑」の文字に、モニカは床に突っ伏してホロホロと泣き崩れる。そんなモニカを慰めるように、ネロが前足でモニカの膝をポムポムと叩いた。

二章　悪役令嬢は沈黙の魔女がお好き

リディル王国では、市井の子どもなら誰《だれ》でも知っている「サムおじさんの豚」という童謡がある。

サムおじさんは沢山の豚を飼っている
一年目の冬、一匹売られ
二年目の冬、一匹売られ
三年目の冬、二匹売られ
四年目の冬、三匹売られ
五年目の冬、五匹売られた
ガラガラ　ガラガラ　車輪の音に
ブゥブゥ　ブゥブゥ　豚が鳴く
六年目が八匹ならば
一〇年目の冬、売られた豚は、さて何匹？

モニカがこれから向かうのは王都にあるルイスの屋敷なのだが、気分はすっかり「サムおじさんの豚」であった。つまりは売られていく豚である。

（この謎かけ歌は前年と前々年の数字の和が答えになるから、一〇年目の場合は五五匹……一一年目は八九匹、一二年目は……）

　モニカは半ば現実逃避のように、頭の中で豚の数を延々と計算する。

　その数が一万とんで九四六匹になったところで、隣に座るルイスがモニカに声をかけた。

「顔色が悪いですな、同期殿？」

「……二八年目は三一万七八一一匹、二九年目は五一万四二二九匹……」

「ど、う、き、ど、の？」

　ルイスに肩をつつかれて、モニカは豚が増殖し続ける養豚場からようやく現実に帰ってきた。

「ご、ごめんなさいっ、ちょっと、考え事をしてて……っ」

「ほう、考え事」

　出荷される豚の数を数えてました……とも言えず、モニカは黙りこむ。

　モニカ達は今、ルイスの契約精霊リンの風の魔法で空を飛んで移動している。

　飛行魔術は非常に難易度の高い魔術で、魔力の消費も激しい。故に上級魔術師であっても、三〇分も飛び回れば魔力が底を突く。

　だが精霊であるリンは、ルイスとモニカと、ついでに荷物袋の中に潜り込んでいるネロを、同時に半球体の風の結界で包み、その結界ごと上空を高速移動するという離れ業をやってのけた。

　精霊であるリンは人間より遥《はる》かに魔力量が多いし、魔力の扱いに長《た》けているので詠唱もいらない。

　こういう精霊の凄《すご》さを目の当たりにするたびに、モニカは自分の無詠唱魔術なんて大したものではないと思い知らされる。モニカの無詠唱魔術が評価されているのは、モニカが人間だからだ。

（リンさんもすごいし、そんなリンさんと契約してるルイスさんも、すごい……）

それに比べて自分なんて、ちょっと魔術が速く発動できるだけの引きこもり研究者なのだ。

そんな自分が王族の護衛だなんて……と、モニカはネロの入った荷物袋を抱えて俯く。

すると前方に立って結界を維持していたリンが、体を前に向けたままグルンと首を回してルイスとモニカを見た。

首の壊れた人形のような動きにモニカはギョッとしたが、美貌《びぼう》のメイドは表情一つ変えない。

その無表情が余計に彼女を人形のように見せていた。

「そろそろ到着いたします。それにあたりまして、非常に画期的な着地方法のご提案が……」

「いえ結構。安全に着地なさい」

リンは無表情ながら、どこか残念そうに「かしこまりました」と応じ、住宅街に入ったところで、ルイスに命じられた通りに、ゆっくりと着地した。

ルイスの屋敷は比較的こぢんまりとした小綺麗《こぎれい》な屋敷だ。

豪勢な屋敷を想像していたモニカは、思いのほか家庭的な雰囲気に少しだけ拍子抜けする。

「ようこそ我が家へ」

そう言ってルイスが扉を開けると、中から二〇代後半ぐらいの女が姿を見せた。

途端にルイスがパッと破顔する。

「ロザリー、ただいま戻りました」

そう告げるルイスの声は分かりやすく弾んでいた。どうやら彼女がルイスの妻のロザリー・ミラー夫人らしい。

ロザリーは華やかな容姿のルイスに比べると、地味な容姿の女性だ。

装飾の少ない動きやすそうな服を身につけ、焦茶の髪をまとめ髪にしている。

ルイスは妻に会いたくて会いたくて仕方がなかったと全身で表現しているが、ロザリーの態度は実に淡々としていた。彼女はニコリともせず、ルイスの背後に隠れているモニカを凝視している。

もしかして、夫が突然若い娘を連れて帰ったことを不快に思っているのではなかろうか？

不安になったモニカがロザリーの視線から逃れるように下を向くと、ロザリーはツカツカとモニカに歩み寄り、モニカの頬を両手で掴《つか》んで上向かせた。

「ひぃっ⁉」

「ちょっと失礼」

ロザリーは恐怖に強張《こわば》るモニカの前髪をかき上げ、下瞼《したまぶた》をぐいっと下に引っ張った。

「あ、あ、あのっ……」

「動かないで。次はそのまま、口を大きく開けて」

言われるままにモニカが口を開けると、ロザリーはモニカの口腔《こうこう》内を確認した。さらに手や爪にいたるまで、くまなく全身を観察する。

「眼球運動に異常無し、歯肉の出血無し。ただし下瞼の裏側が白く、爪も白っぽい。その他、皮膚の乾燥……栄養失調及び、貧血の症状が見られるわ。貴女《あなた》、年齢は？」

真顔で詰め寄られ、モニカは半泣きになりながら震える声で答えた。

「こ、今年で一七、です……」

「年齢の割に痩《や》せすぎね。普段食事は何を？　一日の平均睡眠時間は？」

「と、特に決まってない、です……」

モニカが答えれば答えるほど、ロザリーの表情は険しくなっていく。

そうして幾つかの問答を繰り返していると、ルイスがいかにも構ってほしそうな顔でロザリーを見た。

「ロザリー、帰宅した新婚の夫に『おかえり』の一言と、キスぐらいあっても良いのでは？」

「患者の対応が最優先よ」

ルイスの言葉をロザリーはバッサリと切り捨てた。

モニカが消え入りそうな声で「わたし、健康です……」と主張すれば、ロザリーは首を横に振って断言する。

「貴女がどこのどなたかは存じ上げないけど、誰が見ても歩く不健康なのは確かだわ。治療方法は充分な食事と睡眠。それとお風呂《ふろ》に入って、その服も着替えてもらいます」

夫が夫なら妻も妻である。

あまり似ていない夫婦だが、歯にきぬ着せぬ物言いだけはそっくりだ。

口をパクパクと開閉するモニカに、ルイスが諦《あきら》め顔で肩をすくめた。

「ロザリーは医師です。大人しく従った方が身のためですぞ、同期殿」

＊　＊　＊

ロザリー・ミラー夫人の手で風呂に沈められ、着替えと温かな食事を提供されたモニカは、一息ついたところでミラー家の客室に通された。

移動中ずっと荷物袋にいたネロは、やっと落ち着けるという顔で荷物袋から顔を出すが、客室にルイスが入ってくると、すぐさま袋の中に引っ込む。

ルイスは興味なさそうにネロを一瞥《いちべつ》すると、モニカに話しかけた。

「ロザリーは貴女に仮眠を取らせるべきだと主張していますが、その前に、貴女にはこれから来る客人に挨拶《あいさつ》をしてもらいます」

「お、お客様、ですか?」

身構えるモニカに、ルイスはコクリと頷《うなず》いて客人の名を告げる。

「ケルベック伯爵家のイザベル・ノートン嬢です」

イザベル嬢は、今回の任務でモニカと共にセレンディア学園に入学する協力者だ。

なるほど確かに、学園に行く前に顔合わせをしておいた方が良いだろう。

納得したモニカは、ふと気になったことをルイスに訊《たず》ねた。

「……あ、あの、ケルベックはファミリーネームではないんですか?」

「はい?」

ちょっと何を言われたか分からない、と言いたげな顔をするルイスに、モニカはもじもじと指をこねながら言う。

「えっと、その、ケルベック伯爵のご令嬢だから、イザベル・ケルベック様という、お名前なのかと……」

「ケルベックは爵位の称号です。伯爵以上の者は大抵、称号に爵位を付けて呼ぶのですよ」

「……？」

目を白黒させるモニカに、ルイスは頬をヒクヒクと引きつらせた。

「同期殿、貴女、貴族階級について、どの程度の知識をお持ちで？」

モニカが無言で首を横に振れば、とうとうルイスの顔から笑顔が消える。

「我が国における爵位を、上から順に答えるぐらいはできますよね？」

「……だ、男爵、侯爵、公爵、伯爵？」

しどろもどろに答えるモニカを、ルイスはそれはそれは美しい笑顔で「馬鹿娘」と罵《ののし》った。

「何一つ合っていない上に、子爵はどこに行ったのですか」

「……ひぃん」

「貴女、一〇〇以上ある魔素の名前は全《すべ》て答えられるくせに、どうしてたかだか五爵が言えないのです？」

どうしてと問われれば、興味が無かったからとしか言いようがない。

だが馬鹿正直に答えれば、また悪態が返ってくることは確実なので、モニカは黙って俯《うつむ》いた。

ルイスは片眼鏡《かためがね》を指先で持ち上げながら、深々とため息をつく。

「まず、これだけは頭に叩《たた》き込《こ》みなさい。我が国における爵位は、上から順に公爵、侯爵、伯爵、子爵、男爵です。この下に準貴族もいるのですが、ここでは割愛します。とりあえず、公爵クラスと遭遇したら、それは王族の血縁者と思いなさい」

ルイスの言葉を頭に刻みつつ、モニカはボソリと呟《つぶや》いた。

「……は、伯爵って、意外と地位が上なんですね」

実を言うと、モニカは一番下の爵位が伯爵だと思っていたのである。

そんなモニカの呟きに、ルイスは限界まで目を見開き、信じられないものを見るかのようにモニカを凝視した。

「……同期殿？　貴女、ご自分も爵位をお持ちでしょう？」

七賢人は伯爵位に相当する、魔法伯という特殊な爵位を貰《もら》える。つまりモニカも貴族なのだ。

それも国内に一〇人もいない、貴重な爵位持ちの女性である……が、この二年間ほぼ山小屋に引きこもっていたモニカに、貴族としての自覚など無い。

振り返れば、自分が七賢人になった時に爵位の証明書だの指輪だのを色々と貰った記憶はあるのだが、モニカはそれをどこにしまったのかすら、うろ覚えだった。多分、あの山小屋の紙の束のどこかに埋もれているのだろう。

モニカが正直にそう白状すると、ルイスは眉間《みけん》の皺《しわ》に指を添えてため息をつく。

その時、扉をノックする音が聞こえた。

扉の向こう側から聞こえるのは、リンの声だ。

「ケルベック伯爵令嬢が到着されました」

ルイスはモニカをチラリと見て「行きましょう」と声をかける。

モニカは痛む胃を押さえて、ノロノロと立ち上がった。

＊＊＊

「オーッホッホッホ！　ご機嫌よう！」

屋敷のどこにいても聞こえてきそうな高笑いでモニカを出迎えたのは、モニカと同じ年頃の少女だった。

身につけているのは豪奢《ごうしゃ》な刺繍《ししゅう》を施した真紅のドレス。オレンジがかった明るい色の髪は立派な巻き髪だ。

モニカが気圧《けお》されて扉の前で立ち尽くしていると、ケルベック伯爵令嬢イザベル・ノートン嬢は口元に扇子を当て、意地悪く目を細めてモニカを見た。

「あーら、ご機嫌よう、モニカ叔母《おば》様？　相も変わらず貧相な身なりでいらっしゃいますのね。貴女が我がケルベック伯爵家の末席に名を残しているなんて、わたくし恥ずかしくて仕方ありませんわ！」

言葉の意味を理解できずとも、その声に込められた明確な敵意がモニカに突き刺さる。

気の弱いモニカは、他人の悪意に敏感である。ほんの少しでも棘《とげ》のある言葉を向けられただけで萎縮《いしゅく》してしまう小心者なのだ。

イザベルの悪意たっぷりの言葉に、早くもモニカの目には涙が滲《にじ》んだ。

だがモニカがその場にうずくまるより先に、イザベルは意地悪そうな表情を引っ込め、可憐《かれん》な笑みを浮かべる。

「今のいかがですか？　悪役令嬢っぽくありませんでしたこと？　わたくし、今回のお役目をいただいた時から、毎日ずっと欠かさずに発声練習をしてまいりましたの！　この高笑いのキレは誰《だれ》にも負けないと自負しておりますのよ！」

高笑いのキレとは一体。

モニカが目を点にして呆然《ぼうぜん》としていると、イザベルはハッと何かに気づいたような顔をした。

「あらいけない、わたくしったら自己紹介もせずに、はしたない」

イザベルはドレスの裾《すそ》をつまむと、優雅で美しい淑女の礼をした。

「お初にお目にかかりますわ、〈沈黙の魔女〉モニカ・エヴァレット様。ケルベック伯爵アズール・ノートンが娘、イザベル・ノートンと申します。黒竜討伐の際には大変お世話になりました。父と領民に代わって、感謝の意を述べさせてくださいまし」

衝撃のあまり彫刻のようになってしまったモニカに、イザベルはニッコリと微笑《ほほえ》む。

それは意地悪さなんて欠片《かけら》も見当たらない、とびきり可愛《かわい》らしく、何より親しみに満ちた愛らしい笑みだ。

「あぁ、あの恐ろしいウォーガンの黒竜を退け、翼竜の群れを撃ち落とした七賢人様が、こんなに可愛らしいお方だったなんて！　聞けば、わたくしと一歳しか違わないというではありませんか！」

一歳違いということは今年で一八歳だろうか、とモニカが麻痺《まひ》した思考の片隅で考えていると、イザベルは頬を薔薇色《ばらいろ》に染めてモニカの手を取る。

「あぁ、どうか……モニカお姉様とお呼びすることを、お許しくださいますか？」

まさかの年下だった。

「あ、あの、えっと、その……」

モニカがうろたえていると、今までソファに座ってこのやりとりをニコニコと眺めていたルイスが口を挟んだ。

「ほらほら同期殿、これから貴女に協力してくださるイザベル様にご挨拶は？」

「よっ……よろ、しく……おねがい……しまふ」

モニカが喉《のど》を引きつらせながら声を絞り出せば、ルイスはやれやれとばかりに肩をすくめる。

「申し訳ありません、イザベル様。〈沈黙の魔女〉殿は少々シャイな方でして」

「いいえ、いいえ、気にしませんわ。モニカお姉様はシャイで……でも誰よりも強くて勇敢なお方であると、わたくし知ってますの！」

一体それは誰のことだろう、とモニカは思った。少なくとも強くはないし、勇敢でもない。

だが完全に自分の世界にトリップしているイザベルは、薔薇色の頬に手を添え、うっとりと語り出した。

「ウォーガンの黒竜は、竜騎士団でも退治は難しいと言われていました。黒竜の吐く炎は冥府《めいふ》の炎。魔術師の防御結界すらも焼き尽くす、まさに最強最悪の竜！　それを、あぁ、たった一人で退治するなんて、誰にでもできることではありませんわ！　しかもしかも、黒竜を倒した後は何も言わずにその場を立ち去るなんて……そんなの……そんなの、かっこよすぎますわぁー！」

「あの……えっと……」

なお、モニカが黒竜退治に参加したのは、ルイスに「たまには運動をされてはいかがですか？」と無理やり山小屋から引きずり出されたからである。

宴《うたげ》に参加しなかったのも、謙虚さゆえにではなく、人見知りゆえにだ。

だが、そんな事情を知らないイザベルの目には、モニカが勇敢で謙虚な大魔術師に映るらしい。

盛大な誤解であるが、それを説明できるほどモニカは雄弁ではなかった。

ルイスにいたっては、この誤解を最大限に利用しようとしている。

「お姉様！　今回はフェリクス殿下の護衛のために、セレンディア学園に潜入されるとうかがっております！　そのお手伝いができること、大変光栄に思いますわ！　お姉様が疑われることがないよう、わたくし、お姉様を徹底的にいびって、いびって、いびり抜きますので！　安心して殿下の護衛に専念してくださいませね！」

そう言ってイザベルはモニカの手を取り、ブンブンと力強く振る。

完全にその場の空気に流されているモニカは、されるがままになりながら頷くのが精一杯だった。

三章　学園長の高速揉《も》み手《で》

セレンディア学園は精霊王が一人、光の女神セレンディーネの加護を得られるようにと名づけられた学園で、光の女神が手にしている錫杖《しやくじよう》と百合《ゆり》の冠が校章のモチーフとなっている。

元々、王族や貴族は学校に通う習慣など無かったのだが、時代の変化と共に貴族の子らが通う教育機関は徐々に増え始めた。このセレンディア学園もその一つだ。

今でこそ富裕層や有権者の子が通う学校、寄宿舎、女学院は複数あるが、その中でもセレンディア学園は初めてリディル王国で王家の人間が通ったという歴史があった。

リディル王国の三大名門校と言えば、王家の人間が通うセレンディア学園、魔術師養成機関ミネルヴァ、神殿傘下の院――この三つが挙げられる。

その中でも法律関係に最も強いのが院。

魔法・魔術に関する分野はミネルヴァ。

そしてそれ以外の教養分野で抜きん出ているのがセレンディア学園だ。

セレンディア学園は一流の講師、圧倒的な蔵書、そして貴族の子女が通うのに相応《ふさわ》しい施設と設備の全《すべ》てが揃《そろ》っている。

通うためには高額の入学金と寄付金が必要になるが、セレンディア学園を卒業すれば後々王宮に勤める際にも有利に働くことが多い。

貴族にとって、セレンディア学園卒業生という肩書きは一種のステータスでもあった。

そんなセレンディア学園の生徒会経験者ともなれば、周囲から一目置かれているのは言うまでもない。まして第二王子のフェリクス・アーク・リディルが現生徒会長職に就いている今、生徒会のメンバーになることは第二王子の将来の側近候補であるとも言える。

——そう、本来なら生徒会役員になれば、将来は安泰のはずなのだ。


（……それなのに、どうして、こんなことになったんだ！）

セレンディア学園の生徒会室で、生徒会会計アーロン・オブライエンは声にならない声で叫んでいた。

部屋の中央に立たされたアーロンをぐるりと取り囲むのは、セレンディア学園生徒会役員の面々。昨日《きのう》まで同じ生徒会の仲間だった彼らは、今はアーロンを罪人を見るような目で見ている。

張り詰めた空気に満たされたこの生徒会室で、唯一微笑んでいるのは、生徒会長の椅子に座り、頬杖《ほおづえ》をついている青年——生徒会長にして、リディル王国第二王子フェリクス・アーク・リディル。

「さて」

フェリクスがその一言を発しただけで、場の空気が変わる。

肩をビクリと震わせるアーロンに、フェリクスは慈悲深い聖人のような笑みを向ける。

「監査の結果、帳簿に改竄《かいざん》の跡が見られた。予算の使い込みがあったんだ。それも一回や二回ではないね……そうだろう？」

問う声はどこまでも優しく穏やかで、それなのに聞く者の心臓にナイフを突きつけるような冷ややかさが潜んでいる。

アーロンが口ごもると、垂れ目に焦茶の髪の青年、書記のエリオット・ハワードが、鋭い目でアーロンを見据えながら言った。

「使い込んだ回数なんていちいち覚えていないってか？　……俺の方で確認できただけで、三〇回以上だ」

エリオットは口調こそ軽薄だが、その眼差《まなざ》しはアーロンに対する軽蔑《けいべつ》に満ちている。

エリオットに続いて美しい金髪の令嬢、書記のブリジット・グレイアムが扇子で口元を隠しながら発言した。

「昨年度の通常予算だけでこの数。特別予算からも、更に使い込んでいるのではなくて？」

ブリジットの言葉に、明るい茶髪の小柄な少年、庶務のニール・クレイ・メイウッドが頷《うなず》く。

「はい、そちらはまだ見直し中ですけど、改竄の痕跡《こんせき》があったから、間違いないかと思います。通常予算の分と合わせたら……五〇回近くになるかと」

次々と自分の所業を指摘され、アーロンは胸の内で舌打ちをした。

（使い込んだ回数なんて、わざわざ覚えてられるかよ！）

協力者には「やりすぎるな」と言われていたけれど、それでも絶対にばれないはずだったのに。

アーロンが黙り込んでいると、フェリクスはあくまで優しげな笑顔のまま口を開いた。

「私が君を生徒会役員に選んだのは、お祖父様《じいさま》――クロックフォード公爵の推薦があったからだ」

生徒会役員は生徒会長が任命する。そこでフェリクスに――ひいては、その背後にいる彼の祖父クロックフォード公爵に取り入るべく、金を積む者は何人もいた。その中で最も多く金を積んだの

セレンディア学園 生徒会副会長
シリル・アシュリー
セレンディア学園 生徒会書記
エリオット・ハワード
セレンディア学園 生徒会書記
ブリジット・グレイアム
セレンディア学園 生徒会庶務
ニール・クレイ・メイウッド
リディル王国 第二王子
セレンディア学園 生徒会長
フェリクス・アーク・リディル

がアーロンの父、ステイル伯爵だ。

だからクロックフォード公爵は、孫であるフェリクスにアーロンを生徒会役員に選出するよう命じた。

このまま無難に会計の仕事をしていれば、アーロンもステイル伯爵家も将来は安泰だっただろう。

だがステイル伯爵家は、クロックフォード公爵に貢ぎすぎたせいで困窮していた。

結果、小遣いを減らされたアーロンは遊ぶ金欲しさに生徒会の予算を使い込んだ。

（くそっ、くそっ、くそっ……！）

歯軋《はぎし》りをするアーロンに、フェリクスが目を細めた。

まるでアーロンをじわじわと追い詰め、真綿で首を絞めるかのように、断罪する声はどこまでも柔らかく、冷ややかだ。

「私は君に退学以上の罰を与えることはできない。だが、お祖父様はきっとステイル伯爵を見限るだろうね」

フェリクスの言葉に、アーロンの全身から血の気が引いていく。

この学園で学ぶ者なら、誰《だれ》でも知っている。

第二王子の背後には、この国で最も権力の強い大貴族クロックフォード公爵がいることを。

そして、クロックフォード公爵が冷酷無慈悲で、容赦のない人物であることも。

「君のお父上は融資を受けるために、クロックフォード公爵家の信用を必要としていたらしいね？ あぁ、可哀想《かわいそう》に。今後、ステイル伯爵はどこからも融資を受けられず、伯爵家は衰退していくだろう」

アーロンの顔に脂汗が滲《にじ》む。

(大丈夫だ、絶対に大丈夫だ。きっと、あいつがなんとかしてくれる！)

今までだって、協力者が助けてくれていたのだ。きっと今回だって、上手《うま》いこと手を回して助けてくれるはずだ。

(そうだ、あいつが…………あいつ、が……)

協力者の顔を頭に思い描こうとして、アーロンは失敗した。

最初は焦り故に混乱しているのだと思ったのだが、思い出そうとすればするほど記憶が霞《かす》みがかっていく。思考が鈍くなり、頭がズキリと痛い。

(なんだ？　なんでだ？　なんで思い出せない？)

アーロン・オブライエンには協力者がいた。確かにいたのだ。いたはず、なのだ。

協力者は金を山分けする代わりに、アーロンの不正に協力してくれていた。

なのに、その協力者の顔も、声も、名前も、思い出せない。

「あ、あぁ、あああ……」

どういうわけだか、自分の記憶がゴッソリと抜け落ちている。

その感覚は、自分の体にぽっかり空いた穴を目の当たりにする恐怖に似ていた。

アーロンは顔中に脂汗を滲ませ、痛む頭を押さえながらガタガタと身を震わせる。

強い恐怖は恐慌を呼ぶ。あと一息で理性の糸がプツリと切れそうなアーロンに、フェリクスが聖人の笑顔でとどめを刺した。

「……分かるかい？　君の愚かさがステイル伯爵家を滅ぼすんだ」

ぷつり。

理性の糸が切れる音が、頭の奥で聞こえた。

頭の奥が熱い。熱い。

頭の血管が焼き千切れそうな灼熱感《しゃくねつかん》に身を任せ、アーロンは口の端から泡を飛ばして叫んだ。

「黙れ黙れ黙れ！　王族とは名ばかりの……公爵の犬がぁぁぁ！」

理性を失ったアーロンは怒りのまま執務机に飛び乗り、フェリクスに掴《つか》みかかろうとした。

だが、アーロンがフェリクスに触れるより早く、壁際に控えていた側近の一人、プラチナブロンドの青年、副会長のシリル・アシュリーがアーロンを素早く取り押さえる。

シリルが早口で呪文《じゅもん》を唱えて「凍れ！」と命じれば、アーロンの足はたちまち氷の塊で覆われた。

氷の魔術でアーロンを拘束したシリルは端整な顔を怒りに歪《ゆが》めて、アーロンを睨《にら》みつける。

「貴っ様ぁ！　殿下への暴言に狼藉《ろうぜき》……万死に値する！　この場で氷像にして窓から叩《たた》き落《お》としてくれるわ！」

足元を覆う氷は、ピキ、パキ、と硬質な音を立てながらアーロンの足を這《は》い上がってくる。このままだと、アーロンの全身は氷に覆われた像と化すだろう。

だが氷が膝《ひざ》まで達したところで、フェリクスがシリルを窘《たしな》めた。

「シリル、彼を処分するのは君の役目じゃない」

フェリクスの制止の声に、シリルはすぐさま術の進行を止め、フェリクスに頭を下げる。

「……出過ぎた真似《まね》、大変失礼いたしました」

「私の身を案じてくれたのだろう？　守ってくれて、ありがとう」

フェリクスはシリルに微笑《ほほえ》み、そのまま流れるように視線をアーロンに向けた。

水色に緑を一滴混ぜたような碧《あお》い目が、無慈悲にアーロンを見据える。

「アーロン・オブライエン。君には正式に退学の通知が下されるまで、寮での謹慎を命じる。公爵の犬風情にしてやられた己の愚かさを、存分に噛《か》み締《し》めてくれ」

あぁ、とアーロンは震える唇で息を溢《こぼ》す。

どんどん記憶が曖昧《あいまい》になっていく。自分には協力者がいたはずだ、いたはずなのに、思い出せない……否、否、否。


……本当に協力者なんていたのだろうか？

＊　＊　＊

セレンディア学園に向かう馬車の中で、モニカは途方に暮れていた。

「ど、どうしよう、どうしよう……」

モニカが頭を抱えている理由は、ずばり女子寮の部屋分けにある。

セレンディア学園は全寮制の学園なのだが、寮は基本的に二人部屋だ。

だが、対人恐怖症で山小屋暮らしをしていたモニカが、二人部屋でまともにやっていけるはずがない。

ただでさえ、第二王子の護衛任務という厄介な事情を抱えているというのに！

「立派なお部屋でなくていいから……せめて、屋根裏部屋がいいよぅ……」

中には一人部屋もあるらしいのだが、成績優秀な生徒や、多額の寄付をした生徒に限られるらしい。

多額の寄付金を積むのは、実を言うと難しくはない。モニカは七賢人になってからの収入に殆《ほとん》ど手をつけていないので、金には困っていないのだ。

だがケルベック伯爵家の鼻つまみ者という設定のモニカ・ノートンが、一人部屋にするために多額の寄付金を積んだら、流石《さすが》に不自然だろう。

任務の協力者であるイザベルと同室にしてもらえれば問題ないのだが、イザベルは高等科の一年生。寮は基本的に同学年の者が同室になるため、二年生のモニカと同じ部屋にはなれない。

どうしよう、どうしよう、とモニカが頭を抱えて震えていると、イザベルが自信たっぷりに提案した。

「お姉様、そういうことでしたら、わたくしに考えがありますわ。ここは悪役令嬢的に、華麗に解決いたしましょう」

「あ、悪役令嬢的に……？」

困惑顔のモニカに、イザベルは「お任せください！」とニッコリ微笑む。

やがて馬車はセレンディア学園に到着した。

セレンディア学園はリディル王国城のように美しい建物だ。白い壁に青い屋根。城のような尖塔《せんとう》こそ無いが、いたるところに美しい彫刻が施されている。

モニカがぼんやり建物を見上げていると、イザベルは「参りましょう」とモニカを促した。

イザベルが向かったのは寮ではなく、学園長室だ。

突然の面談の申し出に学園長が嫌な顔をするのでは、とモニカは戦々恐々だったのだが、予想に反して学園長は揉《も》み手《で》で面談に応じた。

イザベルの実家のケルベック伯爵家は地方貴族の中でも五本の指に入るほどの名家だ。相応に寄付金も積んでいるので、学園長は驚くほどイザベルに対して腰が低かった。

「やぁやぁ、これはイザベル様。お父様には大変お世話になっております、はい」

灰色の髪を撫《な》でつけた初老の学園長は、その大きい顔いっぱいに愛想笑いを貼りつけて、イザベルとモニカを学園長室に案内した。

セレンディア学園は貴族の子が通うだけあって、非常に美しい建物だ。

中でも学園長室は贅《ぜい》を尽くしたつくりをしていて、見るからに高価そうな絵画やら彫刻やらが飾られている。

イザベルは学園長の向かいのソファに自分だけが座ると、モニカをソファの後ろに立たせた。

「実はわたくし、学園長にどうしてもお願いしたいことがありますの」

「えぇえぇ、何かお困りのことがおありでしたら、わたくしめが力になりましょう」

学園長がずいっと身を乗り出すと、イザベルは扇子を取り出して口元を覆った。

そして、さも憂いを帯びたような顔でため息をつく。

「セレンディア学園の寮は、二人一部屋とお聞きしましたわ……だけど、わたくし繊細ですから、見知らぬ人間と同室なんて耐えられませんの」

「なんだ、そういうことならご安心を。イザベルお嬢様には、ケルベック伯爵家の御令嬢に相応《ふさわ》しい個室をご用意しておりますよ。あぁ、そう言えば、そちらのお嬢さんは身内でしたな。部屋は近くになるように手配しましょうか？」

「まぁっ！　この娘と近くにですってぇ⁉」

ここぞとばかりにイザベルが大きな声を出す。

学園長がビクッと肩を震わせた。ついでにイザベルの作戦を聞かされていないモニカも、ビックリしたのでヒィッと声をあげて震えあがった。

「ご冗談でしょう！　こんな泥臭い子と近くの部屋だなんて、わたくし、まっぴらごめんだわ！」

「あああ、これは気が利かず申し訳ありません。でしたら部屋は、なるべく離して……」

「学園長、この娘には普通の部屋ですら不相応ですわ！　こんな娘と一緒になる同室の方が可哀想《かわいそう》」

イザベルが扇子を傾けて、ヨヨヨと嘘泣《うそな》きをすれば、学園長の揉み手の速度が上がった。

モミモミモミと学園長は高速揉み手を披露しつつ、猫撫《ねこな》で声《ごえ》を出す。

「そ、それでしたら、いかがいたしましょう……？」

イザベルが扇子の下で勝利を確信した笑みを浮かべる。

そして背後で俯《うつむ》いているモニカをチラリと見上げ、イザベルは意地の悪い声で言った。

「あなたなんて、屋根裏部屋がお似合いよ……そうでしょう？」

モニカがビクビクしながら頷《うなず》けば、イザベルは「本人もこう申しておりますわ」と学園長に駄目押しをする。

学園長は「屋根裏部屋ですか……」と気乗りしない様子だった。モニカを気遣ってというより、学園の体裁を気にしているのだろう。

そんな学園長にイザベルは鋭い目を向けた。

「屋根裏部屋が空いていない？　それなら、馬小屋でも構いませんことよ」

「いえっ、では屋根裏部屋にベッドを運ばせましょう。ええ、はい」

イザベルは学園長の目を盗んで、モニカにウィンクをしてみせる。

なんとも鮮やかな悪役令嬢的解決方法に、モニカはただただ呆気《あっけ》にとられるしかなかった。

（あ、悪役令嬢って、すごい……）

なお、すごいのは悪役令嬢ではなくイザベルである。

＊＊＊

学園長室を後にしたモニカは、ほぅっと安堵《あんど》の息を吐いた。

屋根裏部屋は学生寮最上階の物置部屋の上にあり、他の生徒達の部屋とは階が違う。

育ちの良いご令嬢なら泣き崩れそうな処遇であるが、モニカにとって、これほどありがたいことはなかった。

「えっと、あの、イザベル様……あ、ありが……」

モニカがモニョモニョと礼を言おうとすると、イザベルは突然目を潤ませる。

ギョッとしたモニカは、あわあわとイザベルを見上げた。

「あ、あの、イザベル、様？」

「あぁ……できることならモニカお姉様とルームメイトになって、こっそり夜中のお茶会をしたり、同じ寝台で内緒話をしたりしたかったですわぁぁぁ！　でもでも、お姉様の任務のお邪魔をしてはいけませんものね！　わたくし、そこはしっかり弁《わきま》えてますのよ！」

イザベルはハンカチで目元を拭《ぬぐ》うと、オロオロしているモニカの首根っこにかじりついた。

「お姉様！　お暇な時は、どうぞどうぞ、わたくしの部屋に遊びに来てくださいませ！　精一杯おもてなしさせていただきますわ〜！」

「は、はい……」

モニカがカクカク頷くと、イザベルはハッと何かに気づいたような顔で姿勢を正した。

廊下の角から人の声が聞こえる。始業式は明日だが、教師やクラブ活動のある生徒は学園内でチラホラと見かけた。

だから、人がいるのは不思議ではないのだが、聞こえてくる声がなにやら尋常じゃない。

「くそっ！　放せっ！　放せっ！　オレは悪くないっ！」

「やかましいっ！　次はその口を凍らせるぞっ！」

「落ち着きなさい、シリル・アシュリー」

「そうそう、お前の声が一番うるさいぞ、シリル」

廊下の角から姿を見せたのは男子生徒が三人、壮年の男性教師が一人。

黒髪の男子生徒が大声で「放せ放せ」と喚《わめ》き散らし、残りの三人がそれを取り押さえながら、どこかに連れて行こうとしているようだった。

イザベルがモニカにだけ聞こえるような小声で呟《つぶや》く。

「あの黒髪の方……ステイル伯爵家のアーロン・オブライエン様ですわね。社交界で見かけたことがありますわ」

アーロンはそれなりに上背のある男子生徒なので、暴れる彼を取り押さえるのは三人がかりでも一苦労のようだった。

イザベルは扇子を取り出して、さっと口元を隠す。

「……焦茶の髪の男子生徒の方は、ダーズヴィー伯爵家のエリオット・ハワード様ですわね。銀髪の方は存じ上げませんが、生徒会の役員章がついているから、恐らく名のある家の方なのでしょう」

なるほどイザベルの言う通り、男子生徒三人の襟元には小さな役員章がついていた。

この短時間ですぐに名前を思い出せる記憶力も、襟元の小さな役員章を見抜く慧眼《けいがん》も素晴らしい。

モニカは密《ひそ》かにイザベルを称賛の目で見る。

(わたしより、潜入任務向きなんじゃ……)

モニカがそんなことを考えていると、大騒ぎをしている四人がこちら側に移動してきたので、イザベルとモニカはサッと壁際に寄って道を譲った。

焦茶の髪に垂れ目の男子生徒エリオット・ハワードがチラリとこちらを見て「騒がせて悪いね」と軽く片手を振ってみせる。

その時、三人に取り押さえられていた黒髪のアーロンが、イザベルとモニカを血走った目で見て叫んだ。

「なぁ、なぁ、あんたたちからも言ってくれよ！　オレは騙《だま》されたんだ！　オレは、オレは、覚えてない、知らない、思い出せない……あぁぁぁぁ……っ」

「えぇいっ！　いいかげん、その口を閉じんか！」

銀髪の青年がこめかみに青筋を浮かべて怒鳴り、短く何かを呟く。

その呟きにモニカはハッと顔を上げた。あれは魔術の詠唱だ。

（それも、短縮詠唱……！）

銀髪の青年は通常の詠唱の半分の時間で魔術を組み上げ、指をパチリと鳴らす。

すると、暴れているアーロンの両手首が手枷《てかせ》のように繋《つな》がったまま凍りついた。

更に銀髪の青年は小さな氷を手のひらに生み出すと、それをアーロンの口にねじ込み、手のひらで口を塞《ふさ》ぐ。

口に氷を放り込まれたアーロンは、声にならない悲鳴をあげて目を剥《む》いた。

「ふんっ、これで少しは頭を冷やすのだな」

銀髪の青年が忌々しげに吐き捨て、垂れ目のエリオットが呆《あき》れ顔《がお》で銀髪の青年を見る。

「知ってるか、シリル。お前って女子生徒からは氷の貴公子って呼ばれてるんだぜ」

「なんだそれは」

「王都で流行《はや》りの小説に、そういう登場人物がいるんだよ。いつでも冷静沈着なのが素敵らしいぜ。少しは御令嬢方の期待に応《こた》えてみせたらどうだ？」

「何を言う。私はいつも冷静だ」

「…………」

シリルと呼ばれた銀髪の青年の言い草に、エリオットは無言で肩をすくめた。

そんな二人を、壮年の男性教師が「行くぞ」と促す。

エリオットは「はい、ソーンリー先生」と素直に従い、シリルはイザベルとモニカを見て「失礼した」と一言告げた。そうして彼らはアーロンを引きずるようにしてその場を立ち去る。

四人の姿が完全に見えなくなったところで、イザベルはポツリと呟いた。

「……生徒会の方で、何かあったのでしょうか」

生徒会と言えば、この学園の生徒会長はモニカの護衛対象の第二王子フェリクス・アーク・リディルである。

生徒会で何か事件があったなら、護衛のモニカも何が起こったかを把握しておく必要があるだろう。

（うぅ、編入早々、なんだか大変なことになってる気がする……）

生徒会役員達の不穏な気配に、モニカは胃を押さえて小さく呻《うめ》いた。

＊　＊　＊

モニカに与えられた屋根裏部屋はモニカが思っていたより、ずっと綺麗《きれい》に掃除されていた。おそらく学園長が手配したのだろう。

小さいが簡易ベッドも勉強机もある。モニカには充分すぎるぐらい立派な部屋だ。

モニカは窓を開けて換気をすると、荷物袋の口を開けた。

「ネロ、もう出てきていいよ……ネロ？」

モニカが荷物袋をベッドの上でひっくり返すと、他の荷物と一緒にネロがコロンと転がり落ちてきた。

「にゃふぁあ……ん？　なんだ？　もう着いたのか？」

「うん。ずっと寝てたの？」

「おぅ、オレ様寝ようと思えば、いくらでも寝てられるぜ、すげーだろ」

得意げなネロに「はいはい」と雑な相槌《あいづち》を返しながら、モニカはベッドの上に転がったコーヒーポットを手に取る。

部屋に用意された机には小さいが引き出しがいくつかあった。その中の一番下の引き出しが鍵付《かぎつ》きになっていたので、モニカはそこにコーヒーポットをしまう。

魔術師の頂点に立つ七賢人という立場にありながら、モニカには大事な物が非常に少ない。七賢人になった時に与えられた爵位を示す指輪やローブ、黄金の杖《つえ》よりも、モニカには父の形見のコーヒーポットの方がずっと大切だった。

他に大切な物が思いつかない、たった一つの宝物だ。

モニカが引き出しに鍵をかけると、ベッドの上で欠伸《あくび》をしていたネロがモニカを見上げた。

「で、学園生活はどんな感じなんだ？」

「えっと、明日から授業が始まるんだって……」

明日からモニカは〈沈黙の魔女〉モニカ・エヴァレットではなく、モニカ・ノートンとしてセレンディア学園高等部二年生に編入する。

モニカはかつて自分が通っていた魔術師養成機関ミネルヴァでの日々を思い出し、顔を曇らせた。

極度の人見知りであるモニカにとって、学園という集団生活の場は苦痛でしかない。ミネルヴァに通っていた頃《ころ》も、後半は殆《ほとん》ど研究室に引きこもっていたぐらいだ。

「……うぅっ、想像するだけで、胃が痛いよぅ……」

モニカがこの学園にやってきたのは、第二王子を秘密裏に護衛するためだ。

だが任務以前に、目立たぬよう学園生活を送ることがモニカには難しい。

「まぁ、あまり小難しく考えないで、気楽にやりゃいいだろ。学園生活楽しそうじゃねーか」

「……ネロは、学園生活の怖さを知らないから……」

「もし、ボロが出そうになったら、お前の魔術でチョチョイとなんとかすりゃいいじゃんか。ほら、お前はすげー魔術師だから、こう……正体に気づいたやつの記憶を改竄《かいざん》したり、操ったりできんだろ」

人間の事情に詳しくないネロは気楽なものである。

モニカは沈痛な顔で首を横に振った。

「あのね、人を操ったり記憶を改竄したり、そういう精神干渉系の魔術は全部準禁術扱いなの……許可なく誰かに使ったら、わたし、魔術師資格剥奪《はくだつ》されちゃう……」

精神干渉系の魔術は重罪人に自白を促す時など、特定の状況下に限り使用を許可されている。

ただ研究自体は禁じられていないので、精神干渉系の魔術に関する魔術書はモニカも読んだことがあった。

だからその気になればモニカも使えるのだが、正直使いたいとは思わない。

「精神干渉系の魔術ってね、すごく扱いが難しいの。後遺症で記憶障害になったり、錯乱状態になったり……最悪、二度と意識が戻らなくなることもあるらしくて」

「なんだそれ、こえーな」

「うん、だから、簡単に使っちゃ駄目なの」

モニカはふと、今日すれ違った男子生徒アーロン・オブライエンを思い出す。

覚えてない、知らない、と錯乱状態だった彼は、精神干渉魔術を受けた人間の症状によく似ていた。

（……………まさか、ね）

首を振りながら明日の準備を始めるモニカに、ネロがヒゲをヒクヒクさせながら言う。

「人間って、面倒くせーんだな」

「そうだね、わたしも猫になりたい……」

モニカが苦笑まじりにぼやくと、ネロは金色の目を細めて、じとりとモニカを見上げた。

「猫の世界は竜以上に弱肉強食だぜ。断言してやる。お前は猫になったら、カラスにつつかれてすぐ死ぬ」

「…………あぅ」

返す言葉もなかった。

四章　最大の試練（自己紹介）

　モニカは今まで、積極的に人の顔を覚えようとしたことがない。山小屋に引きこもって暮らしている分には、最低限の知り合いだけ覚えていれば事足りるからだ。

　だがその結果が、護衛対象である第二王子の顔が分からないという事態。

　まして、第二王子を護衛しながらの学生生活ともなれば、自分や第二王子周辺の人間の顔を覚える必要がある。

　故にモニカはセレンディア学園に来てから、随分久しぶりに人の顔を覚える努力をしていた。

　人の顔を覚えるのは、その気になれば簡単だ。モニカは測量器の類が無くとも、目視だけで長さや角度をある程度割り出せるという、ちょっとした特技がある。

　だから、顔のパーツの幅や角度を割り出して、数字で覚えてしまえばいい。

「あー、モニカ・ノートン君。彼が君の担任のソーンリー先生だよ」

　編入初日、学園長が職員室でモニカに紹介したのは、少し白髪《しらが》まじりの黒髪を撫《な》でつけた四〇歳前後の男性教諭だった。顎《あご》の細い神経質そうな顔立ちで、丸い眼鏡《めがね》をかけている。

　その顔を――正確には、顎の角度や目の幅などの数字を、モニカは覚えていた。

（この人、昨日《きのう》、生徒会の人達と一緒にいた先生だ……）

　ソーンリーの方はモニカのことを覚えていなかったらしく、特に昨日の出来事に言及する様子はない。

「私はヴィクター・ソーンリー。担当授業は基礎魔術学だ」

「ソーンリー先生は、あのミネルヴァの出身でね。上級魔術師資格も持っておられるのだよ。しかも、新しい魔術式を発明して魔術師組合から表彰されたこともあり……」

学園長はまるで自分のことのように誇らしげに、ソーンリーの経歴を語り出した。

魔術師養成機関の最高峰であるミネルヴァ出身で、かつ上級魔術師資格持ちともなれば、エリート中のエリートである。

そんなエリート魔術師を教師として抱えていることで、学園長も鼻高々なのだろう。貴族にとって魔術は嗜《たしな》みの一つでもあるのだ。

「更にソーンリー先生は、五年前から生徒会の顧問を務めていてね。このセレンディア学園の生徒会顧問を務めるということが、いかに誉れ高いことか……」

「学園長、そろそろお時間ですので」

ソーンリーが左手の懐中時計で時間を気にしながら、口を挟んだ。

学園長は「おやすまないねぇ」と笑いながら、自分の席に戻っていく。

ソーンリーは神経質そうに眼鏡の位置を直すと、値踏みするような目でモニカを見る。

「ところで、私はまだ、君の口から自己紹介を聞いていないのだがね？」

「あの……その……」

モニカが俯《うつむ》いてモジモジと指をこねていると、ソーンリーはギロリとモニカを睨《にら》んだ。

「姿勢！」

「ひゃ、ひゃいっ」

叱咤《しった》の声に、モニカはビクッと体を震わせて顔を上げる。

それでも怖くてソーンリーを直視できず、視線を彷徨《さまよ》わせていると、ソーンリーはこれ見よがしにため息をついた。

「我がセレンディア学園は、この国の頂点に立つ名門校。生徒には相応の品性と完璧《かんぺき》な教養が求められるのだよ」

モニカには品性も教養も足りていない、とソーンリーは言外に匂わせていた。

事実、七賢人に就任するまでは庶民だったモニカに、貴族としての教養など無い。

「挨拶《あいさつ》ぐらいまともにできないのかね？」

「すっ、すみっ、ませ……」

「嘆かわしい」

モニカの頼りない謝罪を途中でバッサリ切り捨てて、ソーンリーはモニカの前を歩きだす。

「今からクラスに向かう。ついてきなさい」

「は、はい……」

「姿勢！」

鋭い声にモニカは半泣きで姿勢を正し、ソーンリーの後を追う。

普段は着古したローブを愛用しているモニカだが、今日はセレンディア学園の白を基調としたワンピースにボレロを羽織り、白い手袋を身につけている。

魔術師養成機関のミネルヴァでも、貴族の子は好んで私物の手袋をつけていたが、セレンディア学園では手袋が制服の一部なのだ。

なんだか落ち着かない気持ちで、モニカは手袋をした手を握ったり開いたりする。手袋の中の手は、緊張ですっかり汗ばんでいた。

やがて教室に到着すると、ソーンリーはモニカを教壇の前に立たせた。

「全員注目。こちら、編入生のモニカ・ノートン嬢だ」

クラスメイト達の視線が自分に集中している。ただそれだけで、モニカは目眩《めまい》を覚えた。

気分はすっかり審問台に立たされた罪人である。

「挨拶を」

ソーンリーに促されたモニカの喉《のど》は、いよいよ痙攣《けいれん》しだした。

人前に晒《さら》されるだけでも耐え難いのに、更に挨拶だなんて！

(何か、言わなきゃ……)

こういう時は、自分の名前に「よろしくお願いします」と一言添えて、お辞儀をするだけでいいのだとルイスに言われている。

だが、たったそれだけのことすら、モニカにとって途方もない試練だった。

挨拶をしようとモニカは口を開くが、結局口をパクパクさせるだけで、何も言えずに黙り込む。

ソーンリーが露骨にため息をついた。その呆《あき》れを隠さぬため息が、モニカの胸を抉《えぐ》る。

「もう結構、座りたまえ。君の席は廊下側の一番後ろだ」

モニカは返事をすることもできないまま、震える足で自分の席へ向かう。

やがて授業が始まったが、その内容はこれっぽっちも頭に入ってこなかった。

＊＊＊

「ねぇ、貴女《あなた》」

休み時間になってもモニカが椅子に座ってじっとしていると、すぐ真横から声が聞こえた。

もしかして自分に話しかけているのだろうか、でももし人違いだったらどうしよう、と顔を上げることもできずにいると、今度はトントンと肩を叩《たた》かれる。

「ねぇ、貴女に話しかけているのだけど。編入生さん」

モニカはビクッと肩を震わせ、ぎこちなく頭を持ち上げた。

モニカを見下ろしているのは亜麻色の髪の少女だ。色白で目が大きく、少し勝気そうな雰囲気がある。髪型は凝った編み込みが施され、耳元には繊細な細工のイヤリングが揺れていた。

「わたしはラナ・コレット」

ラナと名乗った少女は、モニカを頭のてっぺんから靴の先までまじまじと眺め、腰に手を当てる。

「ねぇ、どうして髪をおさげにしているの？　そんな田舎《いなか》娘みたいな髪型、この学校じゃ誰《だれ》もしてないわ」

ラナの言う通り、モニカは薄茶の髪を二つに分けて緩く編んで垂らしている。

ルイスから貴族の令嬢らしい髪型を幾つか教えられたのだが、難解すぎてやり方を覚えられなかったのだ。

寮に侍女を連れ込んでいる令嬢達なら侍女にセットしてもらうところだが、当然モニカには侍女なんていない。

「ほ、他の……やり方……分から、なくて……」

その一言で、モニカを見る周囲の目が「やっぱりな」と言いたげなものに変わる。

モニカは今の発言で、自分に侍女がいないことを露呈してしまった。

寮に侍女を連れてきていない者は、大体が訳ありだ。

「貴女、育ちはどこ？」

ラナの問いにモニカは言葉を詰まらせた。

モニカは生まれも育ちも王都から比較的近い街なのだが、今はケルベック伯爵家の関係者のふりをしなくてはいけない。

「……リ、リ、リェンナック、です」

伯爵領の街の一つを挙げると、ラナは「まぁ！」と大きな目を見開いた。

「国境沿いの大きな街ね！　あそこは隣国の珍しい布が入ってくるでしょう？　ねぇ、今リェンナックではどんな模様が流行《はや》っているの？　ドレスの型は？　スカーフはどんな物が？」

ラナの質問攻めに、いよいよモニカは困り果ててしまった。

そもそもモニカはリェンナックの人間ではないし、仮にそこに住んでいたとしても、流行の物なんて何一つ知らなかっただろう。

「わ、わたし、そういうの、よく、分からなくて……ごめんなさい」

モニカがモゴモゴと謝れば、ラナは唇を尖《とが》らせ、眉《まゆ》をひそめた。

「ねぇ、どうして貴女、お化粧をしてないの？　せめて白粉《おしろい》と口紅ぐらいはするものでしょう？

セレンディア学園 2年
ラナ・コレット

ねぇ見て、この口紅の色。王都の化粧品店の最新作なのよ」

それからラナは、次々とモニカの服装にダメ出しをする。

やれ、手袋は縁に刺繍《ししゅう》のある物が可愛《かわい》いのだとか、アクセサリーの一つも着けていないなんて信じられないとか、靴のデザインが古すぎるとか。

モニカは震える声で「よく分からないです」「ごめんなさい」と言うことぐらいしかできない。

だって、モニカには本当に、ラナの言うことが何も分からないのだ。

ラナは髪型も凝っているし、美しい髪飾りを挿している。素敵なネックレスもしているし、襟元のリボン飾りは華やかな刺繍入りだ。

モニカと同じ制服でも、まるで印象が違う。

モニカが困っていると、周囲の女子生徒達が扇子を口元に当てて、何やらヒソヒソと話し始めた。

「ねぇ、また成金男爵の令嬢が、田舎者相手に成金自慢してるわよ」

「他に誰にも相手にしてもらえないから、あんな田舎者に絡んでるんでしょ」

「お金で爵位を買ったからって、必死よねぇ」

いくら小声と言っても、モニカに聞こえるぐらいの声量なのだ。当然、ラナにも聞こえている。

ラナは細い眉をヒクヒクと震わせていたが、やがて亜麻色の髪をかきあげると、フンと鼻を鳴らした。

「もういいわ。貴女と話していても、つまらないんだもの」

「……ごめんなさい」

つまらないは、モニカにとって言われ慣れた言葉だ。

モニカは自分がつまらない存在であることを、嫌になるぐらい自覚している。

みんなと同じ話題で盛り上がれない、流行りの物が何一つ分からない。興味があるのは数字と魔術だけ。

だからモニカは俯いて、誰とも目を合わせないように、じっとしていることしかできない。

今もそうして俯き、石のように固まっていると、ラナが突然手を伸ばしてモニカの三つ編みを掴《つか》んだ。

モニカがヒィッと恐怖に息をのむと、ラナは鋭い声で「じっとしてなさいよ」と言う。

ラナはモニカのおさげを解いて編み直し始めた。この場に鏡は無いので、自分の頭はどんなことになっているのか、モニカには分からない。

やがてラナは「これでいいわ」と満足そうに頷《うなず》く。

「ほら、これぐらい簡単なんだから！　できるようになりなさいよ！」

そう言ってラナはズカズカと大股《おおまた》で自分の席に戻っていった。

モニカはおっかなびっくり自分の頭に指先で触れる。そこには、柔らかな手触りのリボンが揺れていた。

＊　＊　＊

セレンディア学園における昼食は、大半の者が校舎にある食堂を利用する。

学園の食堂は一流の料理人達が揃《そろ》っているし、給仕役もいる。一応鍋《なべ》ごとに簡単な毒味も行われているので、安心して食べられるというわけだ。

ただ、ごく一部の裕福な生徒は寮に自前の料理人や給仕を連れ込み、寮の食堂で調理をさせて自室で食事をする。モニカの護衛対象である第二王子もそのパターンらしい。

（だから、別に食堂には行かなくても、いい、よね……）

そう自分に言い訳をして、モニカは昼休みになるとコソコソと教室を抜け出した。

モニカのクラスの生徒達はみな、流れるように食堂へと移動していくが、モニカはその流れに逆らって、校舎を出る。

モニカのポケットには、木の実が一握りほど入っている。これを人の少ないところで食べようと思ったのだ。

モニカは昔から人の少ないところを探すのが得意である。ミネルヴァに通っていた頃《ころ》は、秘密の隠れ場所に篭《こも》って、魔術書や数学書を読んでいたものだ。

今日は天気が良いし風も強くないから、モニカは外を散策してみることにした。

セレンディア学園の敷地はとても広く、庭園は美しく整備されている。今は夏の花が終わり、秋薔薇《ばら》の蕾《つぼみ》が膨らみ始めていた。

一般的に貴族の通う学校は秋、庶民の子が通う学校は春を入学の季節に設定していることが多い。

貴族は春から夏にかけて社交界シーズンで忙しいし、庶民は収穫作業のある秋が一番忙しいからだ。故に、その時期を避けて入学の季節にしている。

モニカは庶民の出身だが、市井の子が通う学校に通ったことがない。

モニカの父親はとても物知りだったから、勉強は全《すべ》て父に教えてもらえたし、父亡き後は紆余《うよ》曲折《きよくせつ》を経て父の弟子にあたる人物の養子となり、魔術師養成機関であるミネルヴァに入学したのだ。

だから、モニカは集団生活に慣れていない。ミネルヴァに通っていた頃も、友人らしい友人なんていなかった。

……否、一人だけいたけれど、その友人とも最後は決別してしまった。

それでもモニカには魔術の才能があったから、ミネルヴァでは研究室に引きこもることが許されていた。だがセレンディア学園において、モニカはその才能を発揮することはできない。

セレンディア学園にも魔術に関する教科は選択制で用意されているが、そこで魔術を披露してしまえば、大変なことになるだろう。

あがり症のモニカは、無詠唱でしか魔術を使えない。

そして、ここで無詠唱魔術を披露したら〈沈黙の魔女〉であることがばれてしまう。

モニカはため息をつきながら、髪に結ばれたリボンに触れた。

(わたし……ありがとうの一言すら、言えてない)

いつだって、言いたい言葉はモニカの喉に貼りついて、そのまま声にならずに飲み込まれてしまう。

(クラスメイトとだって、まともに話せないのに、どうやって王子様に近づいたらいいんだろう)

護衛をするためには、第二王子に近づかなくてはならないのだが、第二王子は三年、モニカは二年。そもそも学年が違うのだ。

(……王子の護衛が目的なら、ルイスさんは同じ学年にわたしをねじ込むぐらいしてたはず……うん、そもそも確実に護衛したいなら、男の人を送り込む、はず。だって、男子と女子は寮が離れ

ているもの）

ルイス・ミラーは傍若無人で壊滅的に性格が悪いが、有能だ。

この護衛任務が絶対に失敗できないことは、ルイスも分かっているはずである。

それなのに「王子を護衛する」にしては、この計画は穴が多すぎる。そもそも極度に人見知りのモニカをこの学園に送り込む時点で無謀だ。

（ルイスさんは、他に何か考えがあるんじゃ……）

そんなことを考えながら庭園を横切ったモニカは、ふと校舎の奥に大きな柵《さく》を見つけた。

この先も学園の敷地内のはずだが、それ以上先に進めぬように柵の鉄門は閉ざされている。

門扉には「旧庭園、現在整備中」という札がかけられていたが、よく見ると鍵《かぎ》はかけられていない。

（……ここなら、人が来なそう）

モニカは周囲に人がいないのを確認すると、旧庭園を早足で進んだ。こういう閉鎖されている空間は、絶好の隠れ場所だ。

整備中の札がかけられていたけれど、思っていたほど木々は荒れていない。

ただ、花の類は殆《ほとん》ど見当たらなかった。どうやら花は全て表の花壇に移してしまったらしい。咲いているのは秋の野草ぐらいだ。

（でも、静かで良い場所……）

ここなら落ち着いて過ごせそうだ。

モニカは少しだけ気持ちを浮上させ、座るのに丁度良い場所を探す。

だが、その浮かれた足取りは、ツツジの茂みを一つ曲がったところでピタリと止まった。

旧庭園の奥、古びた噴水の縁に金髪の青年が腰掛けて何かを読んでいる。俯《うつむ》き気味なので顔はよく見えないが、制服を着ているからこの学園の生徒なのだろう。

モニカは正直落胆した。この場所は良い隠れ場所になりそうだったのに、既に先客がいたらしい。

(……他の場所を探そう)

肩を落としながら引き返そうとしたその時、背後でカサリと草を踏む音が聞こえた。

え、と思った瞬間、背後から伸びてきた腕がモニカの手首を掴む。

「ひぃっ……!」

「捕まえた! まんまと引っかかったな!」

恐怖に息をのむモニカの背後で、モニカを拘束した誰かが鋭い声をあげた。

モニカが首だけを捻《ひね》って振り返れば、モニカを見下ろす焦茶の髪の青年と目が合う。

少し大人びた顔立ちに垂れ目。モニカはその顔に――具体的には垂れ目の角度に覚えがある。

昨日《きのう》、廊下で騒いでいた生徒会の一人だ。

(確か、イザベル様が仰《おっしゃ》ってた……ええと、ダーズヴィー伯爵家の、エリオット・ハワード様)

エリオットがモニカの手首を掴む力は、悪ふざけにしてはあまりにも強い。

おまけに、エリオットはモニカに対する敵意を隠そうともしなかった。

エリオットの手がモニカの制服のポケットに触れる。服の上からでも分かる膨らみに、エリオットは眉をひそめた。

「ポケットに何か入れてるな。それが武器か?」

「ち、ちがっ、これ、わたしの、お昼ご飯……っ」

モニカの必死の言い分を、エリオットは馬鹿馬鹿しいとばかりに鼻で笑いとばした。

「ポケットに昼食を入れてるやつなんて、この学園にいるわけないだろ」

「あうっ……」

確かに貴族の子女が通うセレンディア学園で、昼食に木の実を持参する者はまずいないだろう。

モニカが口ごもると、エリオットはニヤリと不敵に笑ってモニカを見下ろす。

「なにより、俺はこの学園の生徒の顔は新入生以外ほぼ全員覚えていてね。制服のスカーフの色から察するに、それは二年の制服だな。だけど、君の顔は見たことがない。制服を着た侵入者と考えるのが妥当だろう？　……さぁ、白状しろ。誰《だれ》に雇われた」

モニカはエリオットと昨日すれ違っているのだが、ほんの短い時間だったし、モニカは俯いていたので、エリオットはモニカの顔をろくに見ていなかったのだろう。

敵意に満ちた声ですごまれ、モニカは小動物のように震えあがった。

（やだやだやだやだやだやだ、怖い怖い怖い怖い怖い！）

パニックになったモニカは、咄嗟《とっさ》に無詠唱魔術で風を起こす。殺傷能力は無いに等しい、足がよろめくぐらいの強風だ。

それでも巻き起こった土が丁度エリオットの目に直撃したらしく、エリオットはモニカから手を離して目を擦《こす》った。

（い、今のうちに、逃げなきゃ……）

モニカは無我夢中でエリオットの拘束から逃れ、走ってその場を逃げようとした……逃げようと、したのだ。

だが絶望的に運動神経の悪いモニカは方向転換した瞬間、足首を捻《ひね》り、その場にすっ転んだ。

「ひぶにゃっ！」

間抜けな声をあげて豪快に転んだモニカのポケットから、木の実が飛び出してバラバラと散らばった。

「わ、わ、わ……」

モニカが狼狽《うろた》えながら起き上がろうとしていると、モニカの腕を誰かが掴んだ。恐る恐る振り向けば、エリオットの垂れ目と目が合う。

「逃ーがーすーかー」

「い、いやぁぁぁぁぁ！」

モニカがボロボロと泣きだしたその時、このやりとりを噴水の縁に腰掛けて眺めていた金髪の青年が口を開いた。

「エリオット、その子を放してあげてくれ」

「はぁ？　なんでだよ。こんな所までやって来るなんて、絶対にうちの学園の生徒じゃないだろ。きっと、アーロンが仕向けた刺客に決まって……」

エリオットが全てを言い終えるより早く、金髪の青年は人差し指を口に当てた。

エリオットはバツが悪そうに口をつぐみ、モニカの腕から手を離す。

モニカが呆然《ぼうぜん》としていると、青年はその場にしゃがみ、地面に散らばった木の実を拾い集めた。

改めてよく見ると、とても整った顔の青年だ。長い睫毛《まつげ》に縁取られた碧《あお》い目は、明るい水色に緑色を一滴混ぜた不思議な色をしている。

「今年は二年生に編入生がいると聞いたんだ。もしかして君がそうなんじゃないかな？　名前は何て言ったかな……そうだ。モニカ・ノートン嬢」

モニカが洟《はな》を啜《すす》りながら頷くと、金髪の青年は木の実を集めながらエリオットを見た。

「ほらね、この子は刺客じゃなくて、たまたま迷い込んだだけの子リスだ」

青年はモニカの手を取ると、そこに拾い集めた木の実を載せてくれた。

「食事の邪魔をしてすまないね」

わざわざ膝《ひざ》をついて木の実を拾ってくれた青年に、モニカは礼を言おうとした。だが、緊張して上手《うま》く言葉が出てこない。

（ちゃんと、ありがとうございますって言わなきゃ……）

モニカが口を「あ」の形にして、唇を震わせていると、青年はハッと顔を上げてモニカを抱き寄せた。

「危ないっ！」

「……へっ？」

青年の視線の先を追いかけたモニカは、頭上から何かが落ちてくることに気がついた。このままだと、モニカか青年のどちらかにぶつかる。

モニカは咄嗟に無詠唱魔術を行使し、強風を起こした。

強い風に煽《あお》られて、落下物はモニカ達から少し離れた地面にぶつかる。

ガシャンと大きな音を立てて粉々になったそれは植木鉢だった。それが、モニカ達の頭上から落ちてきたのだ。

当たりどころが悪ければ、大怪我《おおけが》では済まない。

「偶然風が吹いて助かったな……大丈夫かい？」

青年はモニカを抱き寄せ、心配そうに声をかけてくれたが、モニカはもうそれどころではなかった。

不審者扱いされて取り押さえられ、頭上から植木鉢が落ちてきて、そして初対面の人間に抱き寄せられた。

モニカの頭は想定外の事態の連続についていけず、限界まで張られた緊張の糸がブツリと切れる。

「…………はひゅっ」

白目を剥《む》いてひっくり返ったモニカを、金髪の青年が慌てて抱きとめた。

＊　＊　＊

黒く大きな影が、モニカの目の前に立ちはだかっていた。

影は蝋燭《ろうそく》の火で照らされたみたいに揺れている。

ユラリユラリ。揺れる影を見上げ、モニカはぼんやり思った。

（あぁ、いやだな。おじさん、今日はお酒を飲んでるんだ）

黒い影がモニカを見て、ワァワァと何かを喚《わめ》き散らす。

こういう時は余計なことを言ってはいけないのだ。だからモニカは口を閉ざし、俯いて、サムおじさんの豚のことを考える。

豚が一匹、一匹、二匹、三匹、五匹、八匹、一三匹、二一匹……。

（隣同士の項は一以外の共通の約数を持たない状態になるって気づいた時は嬉《うれ》しかったな……お父さんに言ったら、よく気づいたねって褒めてくれて……）

ボンヤリとそんなことを考えていると、黒い影は握りしめた酒瓶をモニカ目掛けて振り下ろす。

ガシャン！　と大きな音がした。

辺りに飛び散る破片は酒瓶？　違う、違う、これは……

……植木鉢だ。


「ほぁっ」

奇声をあげて飛び起きたモニカは、ドクドクとうるさい心臓を押さえた。

なにやら恐ろしい夢を見ていた気がする。頭の奥が鈍く痛い。

ゆっくりと息を吐いて呼吸を整えていると、すぐ横で声がした。

「……大丈夫？」

モニカがぎこちなく首を横に向けると、見覚えのない女子生徒が心配そうにモニカを見つめていた。

榛《はしばみ》色の髪をした、大人しそうな雰囲気の小柄な少女だ。

「あな、たは？」

人見知りのモニカがぎこちなく訊《たず》ねれば、少女は淡く微笑《ほほえ》んだ。

「セルマ・カーシュ。貴女《あなた》のクラスメイトで保健委員よ。貴女が倒れて医務室に運び込まれたって聞いて、様子を見にきたの」

なるほど自分が寝かされていたのは、医務室のベッドだったらしい。きっと、あの金髪の青年が運んでくれたのだろう。

（なんだったんだろう、あの人達……）

自分はただ昼食を食べる場所を探していただけなのに、何故か侵入者に間違われ、頭上からは植木鉢が落ちてきて……昼休みの間だけで結構な事件に遭遇している気がする。

植木鉢を無詠唱魔術の風で回避できたのは偶然だ。あと少し気づくのが遅れていたら、無詠唱でも間に合わなかった。

あの時の恐怖を思い出して身震いしていると、セルマは白い手を伸ばして、モニカの乱れた前髪をそっと直してくれた。

白く細い指に薄紅の爪。傷一つ無い綺麗《きれい》な手は、仕事を知らない淑女の手だ。ペンダコだらけのモニカの手とは、全然違う。

「今日はもう授業が無いから、寮に戻って大丈夫よ。貴女が目を覚ましたことは、私の方からソーンリー先生に言っておくわね」

それだけ言って、セルマは静かに医務室を出て行く。

窓から見える空は夕焼けに赤く染まっていた。どうやら、結構な時間寝ていたらしい。

モニカはベッドから下りると、俯きながらトボトボと寮へ向かった。

久しぶりに大勢の人と接したせいで、体も心もすっかり疲れ果てていた。鉛の足枷《あしかせ》でもはめたかのように足が重い。

女子寮では夕食を前にした女子生徒達が、あちらこちらで楽しげに談笑している。

そんな少女達と目を合わせぬよう下を向いたまま、モニカは最上階に向かった。

こうやって人目を避けて隅をコソコソと歩くのは、学園だろうが街の中だろうが、どこにいても変わらない。今も、昔も。モニカはいつだって、人の集まる場所に上手に溶け込めない異分子だ。

やがて最上階の物置部屋に辿《たど》り着《つ》いたモニカは、奥にある梯子《はしご》を上り、屋根裏部屋の蓋《ふた》を押し上げた。

ノロノロと歩いている内にすっかり日は暮れていたらしい。屋根裏部屋は手元がよく見えない程に暗かった。

モニカは燭台《しょくだい》の蝋燭に無詠唱魔術で火を点《つ》ける。

この無詠唱魔術を人々は「奇跡だ」と称賛するが、モニカには無詠唱魔術を行使するより、普通の学園生活を送る方が遥《はる》かに難しい。

モニカはラナに結んでもらったリボンを外して机に置く。それと、ポケットに入れっぱなしにしていた木の実もハンカチを広げて、その上に置いた。

――コツコツ。

窓をノックする音が聞こえる。

目を向ければ、夜の闇《やみ》に紛れている黒猫のシルエットがうっすらと見えた。

モニカが窓の鍵《かぎ》を回すと、ネロは器用に前足で窓を開ける。

「ネロ、おかえり」

「おぅ、ただいま。オレ様、情報収集してきたぜ！　褒めろ！」

「……うん、ありがとう」

「聞いて驚け、第二王子は三年生で生徒会長なんだ」

とっくに知っている情報であった。だが、ネロの情報収集の努力を無下にするのも気が引けて、モニカは無言でネロの言葉に耳を傾ける。

「つまりお前が生徒会役員になれば、王子に自然と近づけるってことだな！　オレ様賢い！」

確かにネロの意見は的をいていた。

第二王子とモニカは学年が違うから、普通に接近するのは難しいだろう。

同じ生徒会役員なら、自然と接近できる……が。

「……無理いぃぃ」

生徒会役員になるためには、成績優秀であることが絶対条件だ。その上で生徒会役員とのコネなども必要とされる。

ベッドに突っ伏して泣き言を言うモニカに、ネロが金色の目を向ける。

「でもよぉ、モニカ。お前は七賢人なんだろ？　天才なんだろ？　じゃあ、次のテストでめっちゃくちゃ良い成績を取れば、きっと生徒会役員に……」

モニカは無言で首を横に振り、教科書をベッドに並べた。

教科書は歴史や語学に関する物が圧倒的に多い。貴族の子に求められる知識ともなれば、それも当然だろう。

しかし、モニカが専攻していたのは魔術に関すること全般である。

魔術史、基礎魔術、魔法生物学、魔導工学、魔術に絡む法律関係は詳しいが、それらを除くと算術以外は軒並み平均以下であった。

魔術に関することは暗記できるが、五爵の序列が出てこないほど記憶力が偏っているのだ。

「お前はミネルヴァって学校に通ってたんだよな？　そこでは語学の勉強はしなかったのか？」

「……み、ミネルヴァでわたしが専攻したのは……古代魔法文字と、精霊語で……」

当然にどちらも貴族の子に求められている知識ではない。なんだったら、大抵の人間には一生無縁のものである。

モニカはネロを胸に抱いて、項垂《うなだ》れた。

「……どうしよう、どうしよう、どうしよう」

もはや、モニカは第二王子の護衛をするどころではなかった。この学園で落第しないようにするだけで、精一杯なのだ。

否、そもそもそれ以前に……。

「……わたし、今日、いろんな人に、親切にしてもらったの」

モニカは机の上に置いたリボンと木の実をちらりと見る。

ラナは高飛車な態度だったけれど、あのクラスで初めてモニカに話しかけてくれた人物だ。

旧庭園で出会った青年は、モニカの木の実を拾ってくれた。

イザベルは色んなところでサポートしてくれたし、保健委員のセルマは様子を見にきてくれた。

「本当は、ちゃんと、ありがとうございますって、言いたかったのに……」

モニカがしゅんと項垂れると、ネロはモニカを見上げる。

「お前、オレ様には普通に『ありがとう』って言えたじゃんか。さっき言ったろ。オレ様聞いてたぞ」

「それは、ネロは人間じゃない、から……」

ネロはまるで人間みたいに難しい顔をしていたが、ふと何かを思いついたように尻尾《しっぽ》を揺らし、モニカの膝の上から下りた。

「よしよし、それならオレ様が、お前の人見知りを克服する練習を手伝ってやろう」

「ネロ？　ま、まさ、か……」

「そのまさかだぜ」

ネロは椅子の上にピョコンと飛び乗ると、尻尾を一振りした。

途端にその姿がぐにゃりと歪《ゆが》み、黒猫は黒い影の塊になる。やがてその影は膨張し、人間のシルエットになった。

瞬《まばた》き二回分の時間で、今度は影に色がつく。まるで墨を洗い流したかのように、影の下から健康的な色の肌が見えた。

「ほれ、これでどーだ」

椅子に座っているのは黒猫ではなく、黒い髪に金色の目を持つ二〇代半ばほどの青年だった。身につけているのは、どこか古風なローブだ。

当然だが彼は人間ではない。ネロが人間の姿に化けたのだ。

モニカはネロが人間に化けられることを知っているし、この姿のネロを何度か見たこともある。

それでも、目の前に成人男性がいるという現実に、モニカの体は勝手に竦《すく》んだ。

「ひ、ぃっ…………や、ぁ……」

いつもぼんやりと下を向いているモニカの目が限界まで開かれ、細い体がカタカタと震える。

モニカはベッドの上で縮こまり、自分を庇《かば》うように頭を両手で押さえた。

「やだ……それ、やだ……ネロ、おねがい……猫の姿に……」

今にも泣きだしそうなモニカに、ネロは唇を尖《とが》らせる。そうしていると、成人男性の割にやけに幼く見えた。

「いーやーだーねー。だってお前、ルールル・ルンタッタとは、なんとか喋《しゃべ》れてるじゃんか！」

どうやらネロは、ルイス・ミラーの名前を覚える気がないらしい。

とりあえず、モニカはルイスの名前を訂正しつつ、主張した。

「ルイスさんは！　ちゃんと返事しないと耳をつねるの！」

「うっわ……マジかよ、あの男。最低だな。まぁ、オレ様はお前をつねったりしないぜ！　どうだ、優しいだろう！」

ルイスが過激なだけで、それが普通である。

だがネロは得意げにフンフンと鼻を鳴らし、モニカに詰め寄った。

「さぁオレ様に感謝しろ～崇《あが》めろ～ありがとうって言え～」

ズイズイと近づいてくるネロに、モニカは仰《の》け反《ぞ》りながら、口をパクパクさせる。

「ひ、ぃぃぃっ……ぅ、ぁあ……あ……り……っ……………ありり……あっ、ぁっ……」

あり、と辛うじて二文字紡いだところで、モニカの口はモニョモニョと意味のない言葉を発し、あとはフゥフゥと荒い息を繰り返すだけになった。はたから見ていると、具合の悪そうな人にしか見えない。

ネロは不貞腐《ふてくさ》れた子どものように、そっぽを向いた。

「へー、そーかよ。モニカは学園に潜入して調査をしてきたオレ様に感謝してないのか。あー、オレ様超ショックー。きーずつーいたー」

「ち、ちがっ、ごめ……」

「ごめんなさいより、ありがとうが聞きたいぜ。ほらほら、ちゃんと使い魔を褒めろよご主人様」

そう言ってネロはお行儀悪く椅子の上で足をブラブラさせる。

モニカはギュッと目を瞑《つぶ》り、膝《ひざ》の上で拳《こぶし》を握りしめて声を絞り出した。

「い、いつも、ありがとう、ネロっ！」

「おっ、いいじゃん、その調子その調子。よし、次はネロ様最高〜！」

「ねろさまさいこう！」

「ネロ様素敵ぃ〜！」

「ねろさますてき！」

目をグルグルとさせて復唱するモニカに、ネロはポリポリと頬をかく。

「……なんかオレ様、善良な人間を洗脳してる悪人の気持ちになってきたぜ」

「ネロ酷《ひど》い……」

「にゃにおぅ！　オレ様はお前のためを思ってだな………ん？」

ネロは金色の目をくるりと動かして窓の外を見ると、窓を開けて身を乗り出した。

モニカは慌ててネロの服の裾《すそ》を引く。

「ネ、ネロっ！　あ、危ないよっ、落ちちゃう……っ」

「おい、モニカ、見ろ。男子寮の庭、怪しい奴《やつ》がいるぞ」

「…………えっ？」

モニカはネロに並んで窓から身を乗り出すと、隣接している男子寮の方に目を向けた。

屋根裏部屋の窓は高くて見晴らしが良いが、月の無い夜に遠くのものを視認するのは、流石に無理がある。

モニカは無詠唱で遠視と暗視の魔術を使用した。この術は透視ではないので、障害物があると使用はできない。なので、モニカは窓から身を乗り出す。

（……ネロの言う通りだ……男子寮の庭に、誰かいる……）

その人物は頭からフード付きマントを被《かぶ》っており、顔は見えない。ただ、フードの隙間《すきま》から金色の髪がチラチラと揺れているのが見えた。

その時、強い風が吹いて、フードが外れる。

モニカの位置からはその人物の後頭部しか見えない。モニカはすぐにその人物の後頭部の縦横比を目に焼きつけた。

その人物が足を止めてフードを被り直すと、また風が吹いて、マントの下の服が一瞬だけ覗《のぞ》く。

マントの下に身につけている服は立派なフロックコートだ。

モニカがその胴体と足の長さを目視で測っていると、その人物は男子寮の庭を突っ切って、建物の角に消えていく。

ネロが眉間《みけん》に皺《しわ》を寄せて、目を細めた。

「見えなくなっちまったな。お前の魔術でどうにかできねーの？」

「……建物の陰に入っちゃったから、これ以上は追跡できない……ただ……」

モニカは顎《あご》に指を当てて、目を閉じる。

今、モニカの頭の中では、めまぐるしい速さで数字が行き交っていた。

その数字が、モニカに一つの事実を教えてくれる。

「……わたし、あの人と……会ってる」

五章　沈黙の魔女、黄金比について熱弁を振るう

モニカは五歳ぐらいの頃《ころ》、ある物が欲しいと父親におねだりをしたことがある。

ある物——それは、メジャーだ。

モニカは同年代の子どもより数字や四則計算を覚えるのが早く、この頃にはもう面積や体積の求め方を学者の父に教わっていた。

だから、身の回りにある物の面積や体積を調べてみたくて、メジャーをねだったのだ。

たまたまそこに居合わせた父の友人は、モニカのおねだりに大層面食らっていたが、モニカの父はモニカがメジャーを欲しがる理由を聞くと、穏やかに微笑《ほほえ》み、モニカの望んだ通りにメジャーをプレゼントしてくれた。

念願のメジャーを手に入れたモニカは、それはもう夢中になって家中の家具という家具や、自分や父親の手や足のサイズを測ってまわった。

——世界は数字に満ちている。人間の体もそう。人体は膨大な数字でできているんだよ。

それは、幼いモニカに父がよく言っていた言葉だ。

メジャーで身近な物を測り、面積や体積を求めるたびに、世界が数字でできているという父の言葉を実感できる。

それが幼いモニカには、嬉《うれ》しくて楽しくて仕方がなかった。

＊＊＊

（……あのメジャー、目盛りが擦り切れて読めなくなるまで、毎日ずっと持ち歩いてたっけ）

幼い頃の夢に微睡《まどろ》みながら寝返りを打ったモニカは、窓から差し込む朝日の眩《まぶ》しさに顔をしかめ、ノロノロと起き上がる。

屋根裏部屋にはカーテンが無いので、朝日がそのまま室内を照らしていた。

起床したモニカは身嗜《みだしな》みを整えるよりも先に、引き出しからコーヒーポットを取り出す。そして無詠唱魔術で水を作り、コーヒーポットに溜《た》めた。

魔術で精製した水は少なからず魔力を含んでいるので、飲料には適さないと言われている。人間の体はあまり沢山の魔力を溜めておけず、魔力を含んだ水を大量摂取すると魔力中毒を起こすからだ。だから、モニカも普段は井戸で水を汲《く》んでいた。

それでも少量なら問題は無いだろう。元より七賢人のモニカは常人よりも魔力許容量が多いのだ。簡単には魔力中毒になったりはしない。

モニカはポットに精製した水を注ぎ、コーヒー豆を挽《ひ》いてポットにセットした。

更に小さな鉄製の三脚を取り出し、その上にポットを載せて、無詠唱魔術で火を起こす。

この小さな火も一定の火力と位置座標を維持しなくてはならないので、緻密《ちみつ》な術式と操作が必要とされるものである。

黒猫の姿でベッドをゴロゴロしていたネロが、呆《あき》れたようにモニカを見た。

「コーヒー一杯淹《い》れるのに、技術の無駄遣いすぎねぇ？」

「だ、だって……勝手に厨房《ちゅうぼう》を使うわけにもいかないし……」

モニカは小声で言い訳をし、ポットのコーヒーをカップに注いだ。

すると、ネロはモニカの机の上に飛び乗り、金色の目でモニカを見上げる。

「モニカ、オレ様もそれ飲んでみたい」

「どうしたの、急に？」

「最近読んだ小説に書いてあったんだ。主人公のバーソロミューが黙ってコーヒーを飲むのが、渋くてカッコいいんだぜ」

モニカはしばし考え、カップのコーヒーを少しだけスプーンですくって、ネロの前に置いた。

猫にコーヒーを与えるのは良くないのだろうけれど、ネロは普通の猫ではないから大丈夫だろう
……多分。

「大丈夫？　結構苦いよ？」

「冒険心を忘れた生き物は、退化していくんだぜ」

「……って、本に書いてあったんだ？」

「おう、ダスティン・ギュンターは最高だな」

王都で流行《はや》りの小説家の名前を挙げて、ネロはスプーンのコーヒーをチロチロと舐《な》めた。

途端に、その全身の毛がブワッと逆立つ。

「ほんぎゃらぶっぽー！」

ネロは、およそ人間でも猫でも発しないような鳴き声をあげて、机の上をゴロゴロと転げ回った。

モニカの使い魔
ネロ

やはり、舌に合わなかったらしい。

ネロはさながら死地から生還した戦士のごとく荒い息を吐くと、モニカの顔を見上げた。

「冒険心に満ちた刺激的な味だったぜ。これを美味《うま》そうに飲める、お前の味覚はおかしい」

「…………」

モニカはネロの言葉を無視して、自分の分のコーヒーを啜《すす》った。

舌の上を流れる熱くて苦いコーヒーは、モニカの頭をシャッキリ目覚めさせてくれる。

ふと、亡き父の言葉が頭をよぎった。

——まずは無駄なものを削《そ》ぎ落としてごらん。そうすると、残った数字は至ってシンプルだ。

(……無駄って、何だろう)

例えばモニカにとって、朝のコーヒーは決して無駄なものではない。大事なものだ。

けれどコーヒーが嫌いな人には、その習慣は無駄に見えるのだろう。

(……数式なら、すぐに答えが分かるのに)

人の心の「無駄」を見つけるというのは、なんと難しいのだろう。

モニカはまたコーヒーを一口啜って、机の上のリボンと木の実をちらりと見る。

今までモニカは髪型なんて気にしたことがなかった。だから今までのモニカだったら、リボンなんて無駄なものだと言いきれただろう。

木の実だってそうだ。モニカは食べることに興味が薄いから、木の実がなければ、まぁいいやと昼食を一回抜いていた。

モニカは木の実をつまんで、ポリポリとかじる。普段は味わって食べていないけれど、今はなんだかとても大事に食べたい気分だったので、しっかりと味わってから飲み込んだ。

「……ねぇ、ネロにとって……無駄じゃないものって、何？」

「おぉっ？　なんだ？　急に哲学的な質問だな？　……哲学的って言葉を知ってるオレ様賢くてカッコイイよな。褒めろ！」

「……うん、すごいすごい」

モニカが雑に褒めると、ネロは「それだ！」と右前足の肉球でモニカをビシリと指した。

「オレ様にとって、お前の褒め言葉は無駄じゃないぞ。だから、もっと褒めろ！　称《たた》えろ！　なんだったらバラード作って、小説書いて、肖像画描いて後世に伝えていいぞ！」

最後の方は結構な無茶振りであるが、ネロにとってモニカの褒め言葉は無駄ではない、という事実がモニカには少しだけ嬉しい。

「あとな、無駄を楽しむのがいいんだ……『人生は無駄だらけだ。ならば、その無駄を大いに楽しもうではないか』って、ダスティン・ギュンターも小説に書いてたぞ」

生きていくのに精一杯のモニカにとって、無駄を楽しむとはなかなかに難題だ。それでも……。

「ちょっと挑戦……してみる」

そう言ってモニカは机の上のリボンを手に取る。

——困難な挑戦ほど楽しいものだよ、モニカ。

父の言葉が、モニカの中で優しく蘇《よみがえ》った。

＊＊＊

ラナ・コレットは自分の席に座り、頬杖《ほおづえ》をつきながら教本をパラパラとめくっていた。

モニカはラナの姿を確認すると、震える足を動かして彼女に近づく。

「あ……っ、あ、あのっ……」

「なによ」

頬杖をついていたラナは顔を冊子に向けたまま、目だけを動かしてモニカを見た。

その目がモニカをとらえると、たちまちギョッと見開かれる。

「なにその髪っ⁉」

モニカの髪型は昨日《きのう》ラナにやってもらったような髪型でも、いつものおさげでもない。

頭頂部の髪を不自然に膨らませて、そこに二本のおさげを無理やり固定した前衛的な髪型だ。

「そ、その、昨日やってもらったみたいに、したくて……」

「ただのおさげの方がまだマシよ！」

「……あぅ」

ラナに怒鳴られたモニカは、俯《うつむ》きながらポケットに手を突っ込む。

そして昨日借りたリボンを引っ張りだすと、おずおずとラナに差し出した。

「……これ……その……きっ、昨日は、ありがとう、ございました……っ」

昨日のネロとの練習を思い出しながら、モニカはか細い声で礼を言う。

今にも死にそうな声になってしまったけれど、ちゃんと最後まで言えた。

だがラナはモニカが差し出したリボンを見ると、ふんと鼻を鳴らしてそっぽを向く。

「いらない。それ、もう流行ってないもの」

ラナのつっけんどんな態度は、これ以上の会話を拒んでいる。

いつものモニカだったら、ここで半泣きになって引き下がっていただろう。

だが、モニカはその場に踏みとどまると、必死で声を絞り出した。

「……き、昨日の……やり方……お、お、教えて、もらえましぇんか」

耳まで真《ま》っ赤《か》にして俯いているモニカは気づかない。

ラナが笑いを堪《こら》えるみたいに口の端をヒクヒクムズムズさせていることに。

「仕方ないわね！　ほら、そこ、座りなさいよ」

ラナは高慢にそう言って、顎《あご》をしゃくる。

モニカが言われたとおりに自分の椅子を持ってきて座ると、ラナは手早くモニカの髪を解いた。

「まったく、どういうやり方をすれば、あんな珍妙な髪型になるのかしら！　信じられない！　ねえ、櫛《くし》は持ってる？」

「な、ないです……」

モニカが弱々しい声で言うと、ラナはモニカの髪をぐいっと引っ張った。

「……よくそんなんで、教わりたいとか言えたわね？」

「ご、ごご、ごめん、なさいっ」

ラナは呆れたように鼻を鳴らし、自分の櫛を取り出した。

持ち手に繊細な透かし彫りを施した銀細工の櫛は、よく見ると小さな宝石が小花のようにちりばめられている。

「少し前までは、鳥モチーフで金細工の櫛が流行《はや》っていたけど、最近の流行は断然こっちね。小さめの宝石を控えめにちりばめるのが可愛《かわい》いのよ。特にアンメル地方の細工師は腕が良いから、一流品を買うならアンメル製にした方が……」

そこまで言って何故かラナは口をつぐみ、無言でモニカの髪を梳《す》き始めた。

どうして突然黙りこんだのだろう、とモニカが不思議に思っていると、ラナはモニカにしか聞こえないような小声で呟《つぶや》く。

「……つまらないでしょ、わたしの話」

どこか不貞腐《ふてくさ》れたような声に、モニカは目を丸くして背後のラナを見上げる。

ラナは唇をへの字に曲げて、なんだか傷ついたような顔をしていた。

「……どうせ、うちは成り金だもの。わたしの話なんて下品で、聞く価値もないって、貴女《あなた》も思ってるんでしょ」

「あ、あの……えっと……」

モニカは意味もなく手をあたふたさせつつ、必死で口を動かした。

「わ、わたしも、よく話がつまらないって、言われます……数字の話ばかり、しちゃう、から……」

モニカは数式や魔術式の話になれば、幾らでも語っていられるのだが、そうすると相手の反応を見ることも忘れて、延々と語ってしまうのだ。

そのせいでルイス・ミラーに叱《しか》られたことは、一度や二度ではない。

あの美貌《びぼう》の魔術師は、時にモニカの耳を容赦なくつねって「同期殿、人間に戻りましたか？」と笑顔で言うのだ。

その時のことを思い出して震えあがっていると、ラナがプッと小さくふきだした。

「なにそれ、変なの」

「へ、変、ですか……？」

「変よ。ほら、前向いて」

ラナはモニカの横髪を慣れた手つきで三つ編みにする。そうして両サイドを三つ編みにしたら、残った髪と一緒にまとめて、最後にリボンを形良く結んだ。

「ほらできた。こんなの簡単よ」

「す、すごい……早い……重要なのは三つ編みの位置と角度？　うぅん、束にする髪の比率も……」

「こういうのは数字じゃなくて、手で覚えるのよ。ほら、一度ほどいて自分でやってみなさいよ」

ラナの言葉にモニカは目を見開き、ひっくり返った声で叫んだ。

「えぇっ、こんなに綺麗《きれい》なのに……ほ、ほどいちゃうんです……か？」

こんなに綺麗なのに、の一言にラナは気を良くしたように口をムズムズさせつつ、お姉さんぶった顔で咳払《せきばら》いをした。

「自分でやらなきゃ覚えられないでしょ。失敗したら最後はわたしがやってあげるから、ほら、やってごらんなさいよ」

「うぅ……完成された綺麗な数式を分解して、でたらめな数式を書き込むみたい……」

「どういう表現よ、それ……」

ラナが呆《あき》れ半分、満更でもない気持ち半分という顔で笑ったその時、教室が俄《にわ》かにざわめきだした。

教師が来るにはまだ早い時間だ。どうしたのだろう、とモニカがざわめきの中心に目を向ければ、そこには見覚えのある男子生徒がいた。焦茶の髪に垂れ目の青年だ。

(あ、あの人……)

昨日、旧庭園でモニカを侵入者呼ばわりした、生徒会役員のエリオット・ハワードだ。

エリオットはぐるりと教室内を見回し、モニカと目が合うとニヤリと笑った。

モニカはヒィッと息をのんで、ラナの背後に隠れる。だが、時既に遅し。

エリオットは革靴を鳴らして、モニカの席に真《ま》っ直《す》ぐに向かってきた。モニカは咄嗟《とっさ》にラナの背中を飛び出し、近くのカーテンの中に潜り込む。

そんなモニカの奇行を、エリオットはせせら笑った。

「まさか、本当にうちの学園の生徒だったなんてな。今でも俄かには信じがたいぜ。人の顔を見るなり逃げだすなんて、淑女のやることとは思えない。なるほど確かに臆病《おくびょう》な子リスだ」

モニカはガタガタと震えながら、カーテンの隙間《すきま》からエリオットを見る。

「わ、わたし、人間、です……」

「そう主張するなら、せめてそこから出てこいよ」

「………………」

モニカがビクビクしながらカーテンから出てくると、エリオットはニコリと笑う。口元こそ笑みの形をしているが、垂れ目は全然笑っていなかった。

「さて、ちょっと君に用があるんだ。黙ってついてきてくれるかい？」

「わ、わたし、これから授業……」

「このクラスの担任って、ソーンリー先生だろ？　じゃあ、俺から言っておくよ。どうせ、新学期二日目なんて大した授業はないんだし」

そう言ってエリオットは数歩先を歩くと、首だけ捻《ひね》ってモニカを見る。

「俺は生徒会役員だ。この先、平和な学園生活を送りたければ、大人しく従った方がいいぜ、編入生」

ここで「嫌です」と泣いて逃げだしたら、昨日《きのう》までと何も変わらない。

モニカはスーハーと一度だけ深呼吸をすると、小さく頷《うなず》いた。

「……わ、分かり、ました」

エリオット・ハワードはモニカに対する侮蔑《ぶべつ》を隠そうとしないし、言葉の端々に棘《とげ》がある。

それでも、笑顔で攻撃魔術をぶっ放してくる恐ろしい同期よりは、きっとマシなはずだ。

モニカは自分にそう言い聞かせ、震える足を動かした。

＊　＊　＊

エリオットが足を止めたのは、四階の立派な扉の前だった。セレンディア学園はどこもかしこも上級貴族の屋敷に匹敵するほど豪華なのだが、目の前にある扉は一際立派だ。

エリオットは軽くノックすると、返事も待たずに扉を開ける。

「入るぜ」

「どうぞ」

中から聞こえた穏やかな声には聞き覚えがあった。

エリオットが扉を押さえて、視線でモニカを中へ促す。

モニカは胸の前でギュッと手を握りしめ、前へ進んだ。

「……しっ、失礼、しますっ」

室内は緋色《ひいろ》の絨毯《じゅうたん》が敷かれた広い部屋だった。

セレンディア学園はどの部屋も一般学校とは比べものにならない贅沢《ぜいたく》なつくりをしているが、その中でもこの部屋は特に贅《ぜい》を尽くしている。テーブルや椅子、柱などに施された装飾が、とにかく凝っているのだ。分かりやすく絵画や彫刻などを並べた学園長室とはまた違う、豪奢《ごうしゃ》で優美な部屋だ。

そんな部屋の奥、執務机の前に一人の男子生徒が座っていた。

窓から差し込む光を受けて輝くハニーブロンド。水色に一滴だけ緑を混ぜたような美しい目。

「突然呼びだしてすまないね、モニカ・ノートン嬢」

「あなたは、昨日、の……」

旧庭園でモニカの木の実を拾い、植木鉢から庇《かば》ってくれたあの青年は、あの時と同じ穏やかな笑みを浮かべてモニカを見ていた。

「きちんとお昼ご飯は食べられたかい、子リスさん？」

「あの、き、昨日は……その、ありがとう、ございましたっ！」

言えた、ちゃんとお礼を言えた。

今日のモニカの目標は、ラナやこの青年に昨日の礼を言うことだった。その目標を早々に達成できたことに、モニカは密《ひそ》かに喜びを噛み締める。

そんなモニカに、青年はおっとりと首を傾けた。

「うん？　私は何かお礼を言われるようなことをしたかな？」

「あの、木の実拾ってくれたのと……あと、医務室に連れていってくれたのも……」

モニカが指をこねながらそう言えば、青年は「あぁ」と納得顔をした。

「気にしなくていいよ。生徒の安全を守るのも生徒会長の務めだからね」

優しい人だなぁと感心したモニカは、ふと聞き捨てならない単語に気づき、ゆっくりゆっくり首を持ち上げる。

「……生徒、会長？」

「うん」

青年はニッコリ笑顔で頷くと、静かに立ち上がり、モニカの前で優雅に一礼した。

「名乗りが遅れたね。セレンディア学園第七五代目生徒会長フェリクス・アーク・リディルだ。どうぞよろしく。モニカ・ノートン嬢」

「…………………」

昨日の親切な男子生徒は、実は生徒会長だった。つまりは第二王子で、モニカの護衛対象だった。

その事実を理解した瞬間、モニカが思ったことは……。

「あのぅ……」

「うん、なんだい？」

「……なんで、王子様なのに、寮を夜中に抜け出してたん、ですか？」

モニカの言葉に、扉の前で控えていたエリオットがギョッとした顔でフェリクスを見た。

「夜中に抜け出した？　おい、それは初耳だぞ」

フェリクスはエリオットの鋭い視線をさらりとかわし、モニカに笑いかける。

「何の話か、ちょっと分からないな」

「あの、わたし、昨日の夜、殿下が男子寮の外をウロウロしてるの、窓から見たんです……」

昨晩ネロが発見した不審者は、間違いなく目の前にいるフェリクスだ。

だが、どうして彼は寮の外出禁止時間に外をうろうろしていたのだろう？

モニカの素朴な疑問に、フェリクスはあくまでにこやかな笑顔を崩さずに答える。

「昨日は月の無い夜だったね？」

遠回しに、窓からでは暗くて見えるはずがないだろうと言われている。

モニカが何かを言い返そうとすると、フェリクスは机の上で指を組み、そこに顎を乗せて言葉を続けた。

「君は夜に男子寮から誰かが出ていくのを見たのかい？　あぁ、それはきっと不審者かもしれないね。でも私ではないよ。君が見たその人物の特徴を教えてくれるかい？　学園側の警備を強化しなくては」

「フ、フードを被《かぶ》ってて、顔は見てません。金色の髪と後頭部が、ちらっと見えた程度……です」

「金髪の人間なんて、この学園にはいくらでもいるよ」

反論された瞬間、モニカの中で火がついた。或《ある》いは「証明したい」という学者特有の思考と言っても良い。

余裕たっぷりのフェリクスに、モニカは拳《こぶし》を握りしめて断言する。

「き、昨日のフードの人は、殿下と、体格が一緒で」

「体格が近い人間なんて、珍しくないだろう？」

「近いんじゃなくて、黄金比、なんですっ！」

「……うん？」

一度火がついたモニカは周りが見えなくなり、証明に夢中になってしまうという悪癖があった。

それが今だ。

お誂《あつら》え向《む》きに、壁には会議用の移動式黒板がある。モニカはそこに簡単な人間の絵を描き、頭の部分に長方形を描いた。

「わたしは目で見た物の長さを大体正確に言い当てる自信があります。まず殿下は頭の形の横と縦の比率が一：一・六一八でした。これは人間が最も美しいと感じる黄金比に限りなく近い数値です。黄金比はより正確には一：一・六一八〇三三九八……と続くのですが、ここでは割愛します」

唖然《あぜん》としているフェリクスとエリオットには目もくれず、モニカは黒板の絵のへその部分で横線を引いた。いわば人体図を上下で分割したような形だ。

このへそから上の部分に一、へそから下の部分に一・六一八とモニカは書き込む。

「服を着ていても足の長さで大体へその位置は割り出せます。そして昨晩の人物も殿下も、胴体をへそのところで分割した時、上半分と下半分の比率がこの黄金比でした。更になんと！　下半身を一とした時、上半身と下半身を合計した全長が一・六一八になるんです。まるで計算されたような黄金比です！　こんな人、滅多にいません！　メジャーで測定してもらえれば、わたしの説が正しいと理解して……もら、え……」

鼻息荒く力説していたモニカは、ここに至ってようやく我に返った。

（わ、わたしは、なにを……）

モニカはチョークを握りしめたまま、ぎこちなくフェリクスとエリオットを見る。

エリオットはポカンと目と口を丸くして立ち尽くしていた。

一方フェリクスは「最後に採寸した時の数字は……」とのんびり呟《つぶや》きながら、なにやら計算している。

ややあって、フェリクスは納得顔で呟いた。

「あ、本当に一・一・六だ」

「…………」

「容姿を褒められたことは、まぁまぁあるけれど、こんな褒められ方をしたのは初めてかな」

皮肉というよりはどこか面白がるような物言いに、モニカは思わず頭を抱えた。

（あぁぁぁぁ、またやっちゃったぁぁぁ……）

数式や魔術式が絡むと、モニカは我を忘れることがしばしばある。

そのたびに同期のルイスに耳をつねられていたというのに……あぁ、まさかよりにもよって、護衛対象の前でそれをやってしまうなんて！

とにかくフェリクスの不興を買わぬよう、なんとかしなくてはと、モニカは必死で言い訳を考えた。

言い訳下手《べた》とルイスに評されたことのあるモニカが、考えて考えて考えて、考えすぎて迷走した末に思いついた言い訳がこれである。

「黄金比をもとに作られた黄金螺旋《らせん》は、半径が『サムおじさんの豚』の歌にも使われている数列なんです！　この数列では隣り合う二つの数の比が、どんどん黄金比に近づいていくという、とてもきれいな数列で……つまり『サムおじさんの豚』はすごい……じゃなかった、殿下の体は黄金比で、すごいです！」

この言い訳で何をフォローするつもりなのか。ルイスがこの場にいたら拳骨必至の言い分であった。

豚の歌と王族を同列に並べて褒めるモニカに、エリオットが半眼で呻《うめ》く。

「いや、なんだよ『サムおじさんの豚』って」

市井の童謡がピンとこないらしいエリオットの横で、フェリクスがポンと手を打った。

「あぁ、童謡の……なるほど。あの数字って、そういうことだったんだ」

しみじみ感心しているフェリクスを、エリオットが垂れ目を細めて睨《にら》んだ。

「つまり、この子リスの証言通り、殿下は夜中に寮の外をウロウロして、一人で囮捜査《おとりそうさ》をしてたわけか」

「あぁ、残念ながら進展はなかったけど」

「シリルが聞いたら、卒倒するぞ」

「うん、だから内緒にしておいてくれると嬉《うれ》しいな」

フェリクスとエリオットのやりとりから察するに、フェリクスは何かの犯人を炙《あぶ》り出すための囮《おとり》になっていたらしい。それも、誰《だれ》にも言わずに独断行動で。

（そ、それって、護衛のわたしとしては、放置できない案件なんじゃ……）

だが部外者の自分が口を挟んで、フェリクスは事情を教えてくれるだろうか？

モニカが悩んでいる間にも、フェリクスとエリオットの口論は続く。

「エリオット、やっぱり彼女は無害な子リスだよ。昨晩の私の行動を見ていた上で何もせず、挙句の果てにこの場で口を滑らせるなんて、刺客ならありえない」

「いいや、それも俺達を油断させる作戦かもしれないだろ。昨日《きのう》の植木鉢の件、あまりに不自然だ。そこのノートン嬢が、殿下を植木鉢の落下地点まで誘導した可能性はゼロじゃない」

エリオットの言葉に、モニカは「へぅっ⁉」と奇声をあげた。

何やら、聞き捨てならない疑いをかけられた気がする。

「あ、あの、昨日の植木鉢って……偶然、落ちてきたんじゃ」

モニカがおずおずと口を挟むと、エリオットはどうするんだと言いたげな顔でフェリクスに目配せをした。

フェリクスはニコリと微笑《ほほえ》み、椅子の上で足を組み替える。

「……まずは初めから事情を説明しようか。事の始まりは二日前、生徒会役員のアーロン・オブライエン会計が生徒会の予算を着服していたことが発覚してね。そのことを追及したら、オブライエン会計は錯乱状態になってしまって……退学の手続きが完了するまで、寮で謹慎させることにしたんだ」

アーロン・オブライエンという名前にモニカは聞き覚えがあった。

二日前に廊下で叫び、取り押さえられていた黒髪の男子生徒。彼の名前がアーロン・オブライエンというのだとイザベルが言っていた。

「我々生徒会としても、身内の恥はあまり公にしたくなくてね。オブライエン会計の着服のことは他の生徒達には伏せて、急病のために退学するということで穏便に事を収めようと思っていた。だけど、その後でちょっとした事件が起こったんだ」

＊＊＊

始業式の前日、午前中の会議でアーロン・オブライエンを断罪したフェリクスは、その後、アーロンの不正の後始末をすべく、他の生徒会役員達と共に仕事に明け暮れていた。

特に厄介なのが会計記録の見直しだ。アーロンは予算を着服するにあたって、会計記録を複数箇所改竄《かいざん》していた。

そしてその改竄を隠すために、また別の数字を弄《いじ》って帳尻《ちょうじり》を合わせ……ということを繰り返していたので、帳簿の記録は随分と酷《ひど》いことになっていたのだ。

生徒会役員総出で見直しをしたが、全《すべ》ての数字を正すには相当な時間がかかる。

結局その日は大して作業が進まぬまま、時間だけが過ぎてしまった。

明日の式典の準備もあるから、会計記録の見直しだけに時間を割くわけにはいかない。

時刻が午後三時近くなった頃《ころ》、生徒会顧問のソーンリー教諭が生徒会室に顔を出して声をかけた。

「そろそろ明日の始業式と入学式の準備を」

式典の準備の指揮となると、まずフェリクスは必ず赴かなくてはならないだろう。

その他に、あれこれと物を動かしたりもするので、男手もあった方がいい。

そこでフェリクスは、書記のブリジットと庶務のニールの二人に会計記録の見直しを任せ、副会長のシリルと書記のエリオットの二人を伴って、式典会場へ向かった。

会場は既に新入生用の椅子が並べられており、入り口付近には吊《つ》り看板が設置されている。

会場の飾り付けは殆《ほとん》ど完了しているので、フェリクス達がするのは最終確認程度だ。それでも、一つ一つ点検していけば、椅子の過不足など細かな確認漏れは出てくる。

「新入生につけるリボンはクラスごとに箱を分けておこう。その方が当日はスムーズに……」

フェリクスがエリオットに指示を出したその時、ソーンリー教諭がフェリクスの頭上を見て、ハッと顔色を変えた。

「危ないっ！」

少し遅れて、副会長のシリルが悲鳴じみた声で「殿下！」と叫ぶ。

ソーンリーとシリルの声を聞いたフェリクスは、考えるより先にその場を離れた。

数秒遅れて、フェリクスが佇《たたず》んでいた辺りに何かが勢いよく落下してくる……それは入り口の上に吊るしていた看板だ。

看板は式典会場二階窓の、落下防止用の柵《さく》に金具で固定されていたはずである。つまり、誰かが窓から手を伸ばして金具を外したのだ。

見上げれば二階の窓が少しだけ開いていて、その窓に一瞬だけ立ち去る人影が見えた。

＊＊＊

「……ということがあってね」

フェリクスの説明を聞いたモニカは、卒倒しそうになった。

フェリクスは「ちょっとした事件」などと言うが、誰がどう聞いても暗殺未遂事件である。

（わ、わたしがセレンディア学園に到着したその日に、そんな事件が起こっていたなんて……！）

モニカは血の気の引いた唇を震わせながら、フェリクスとエリオットを交互に見る。

フェリクスは語る間も穏やかな微笑を浮かべていたが、エリオットはその時のことを思い出したのか、苦虫《にがむし》を噛《か》み潰《つぶ》したような顔をしていた。

この場合、エリオットの反応が正常なのだ。命を狙《ねら》われかけたのに、おっとりニコニコしているフェリクスの神経がおかしい。

（そ、それとも、王族って、命を狙われ慣れてるの、かな……）

そんなことを頭の隅で考えつつ、モニカは訊《たず》ねた。

「そ、その、看板を落とした犯人は……？」

「残念ながら、逃げられてしまったんだ。そうだろう、エリオット？」

「……悪かったな。捕まえられなくて」

エリオットは不貞腐《ふてくさ》れたように口を尖《とが》らせ、その時の状況をもう少し詳しく語ってくれた。

看板が落下した時、フェリクスのそばにいたのは教師のソーンリーと、副会長のシリル、書記のエリオットの三人。

その場で唯一の教師であるソーンリーは、シリルをフェリクスの護衛に残して、エリオットと共に犯人を追いかけた。

だがソーンリーとエリオットが二手に分かれて探しても、犯人は見つからなかったという。

フェリクスはほぅっと息を吐いて、小さく肩をすくめた。

「アーロン・オブライエンを断罪した数時間後に、そんな事件が起こったんだ。何らかの関係があると考えるのが妥当だろう？　だが、看板落下事件が起こった時に、オブライエン元会計は男子寮で謹慎中だった。となると看板を落としたのは別の人間ということになる」

フェリクスは碧《あお》い目を少しだけ細め、意味深にモニカを見る。

「オブライエン元会計は着服にあたり、共犯者がいたことを仄《ほの》めかしている。看板を落としたのは、その共犯者の可能性が高い」

フェリクスはアーロンを尋問したが、心神喪失状態のアーロンはしきりに「あいつが……あいつが悪いんだ」と繰り返すだけで、共犯者について話すどころではなかったらしい。

その様子を語りながら、エリオットが皮肉っぽく唇を歪《ゆが》める。

「だから俺達は、その共犯者を炙り出すために罠《わな》を張ってたんだ。昨日の昼休みにな」

「……あ、それで、裏庭に……？」

「そういうことさ」

人気《ひとけ》のない裏庭にフェリクスが一人でいれば、犯人は再び事件を起こす可能性が高い。

そこで、裏庭に一人でいるフェリクスを狙って犯人が近づいたら、隠れているエリオットが取り押さえるという段取りだったらしい。しかし、そこに偶然やってきてしまったのがモニカだ。

「はっきり言ってな、俺は君を犯人の仲間だと思ってるんだ。植木鉢の落下地点に殿下を誘導した共犯者、ってな」

第二王子の護衛としてこの学園にやってきたのに、まさかの刺客扱いである。

もしルイス・ミラーが聞いたら「さすが同期殿はやることが斜め上ですなぁ、ハッハッハ」と笑いながら、殴りダコのある拳《こぶし》を握りしめていただろう。

（せ、潜入して即退学なんて洒落《しゃれ》にならない……っ！　ルイスさんにバレたら絶対怒られるぅ……しかも、任務に失敗したら最悪処刑……っ）

モニカは首をもげそうなほど勢いよく横に振った。

「わっ、わたし、犯人じゃ、ありません……っ」

「じゃあ、二日前の午後三時前後……式典会場で看板落下事件が起きた時、君はどこで何をしていた？」

エリオットの詰問に、モニカは指をこねながら記憶を辿《たど》る。

二日前の午後三時。モニカは屋根裏部屋で部屋の掃除をしていた。

猫になりたいよぅ、などとネロ相手にぼやきながら。

「そ、その日は、女子寮で……お部屋の掃除を……」

「それを証明できる者は？」

「……いません」

その時間一緒にいたのはネロだけだ。流石《さすが》に喋《しゃべ》る黒猫を証人にするわけにはいかない。

俯《うつむ》くモニカをエリオットは罪人を見るような目で見ていた。

その視線にモニカは心臓が握り潰されるような心地《ここち》で、短く浅い呼吸を繰り返す。緊張のあまり酸素が肺に入ってくれない。嫌な汗が、じわりと手袋に滲《にじ》む。

ピンと張り詰めた空気の中、フェリクスがエリオットを窘《たしな》めるように口を挟んだ。

「エリオット、あまり小動物を苛《いじ》めるのは感心しないな」

「でも、この子リスが疑わしいのは事実だろ」

棘《とげ》のある口調で言ったエリオットは、そこで何かを思いついたかのように、口の端を持ち上げて意地悪く笑った。

「そうだ。じゃあこうしようぜ。子リス、君が看板と植木鉢を落とした犯人を見つけてこいよ。そうしたら君は無実だって信じてやっていい」

エリオットの提案にモニカは目を丸くする。

「えっと、わたしが……ですか?」

「俺達が動くとどうしても目立つんだよ。今回の件は端的に言って大事にしたくないんだ。だから、囮捜査も他の生徒会役員には話してない」

「ええっ⁉」

モニカがギョッと目を剥《む》いてフェリクスを見ると、フェリクスは苦笑混じりに頷《うなず》いた。

「そうだね。特に副会長のシリルは心配性だから」

なるほど、昨晩ネロとモニカが目撃したフェリクスは、暗殺未遂事件の犯人を誘《おび》きだそうとしているところだったらしい。それもエリオットには言わずに、フェリクスの独断行動で。

だが犯人は警戒していたのか、或《ある》いは別の理由でか、昨晩はフェリクスを狙わなかった。

このまま犯人が見つからなければ、事件は迷宮入りしてしまう。フェリクス達としても、それは避けたいのだろう。

「それで、やるのか？　犯人探し」

エリオットの意地悪なニヤニヤ笑いは「どうせ無理に決まってる」と言わんばかりだった。

モニカは胸の前で拳を握りしめる。

すごく気が乗らないし、できれば寮の自室に引きこもっていたい。それでも、モニカはフェリクスの護衛役なのだ。

「や、や、やりまふっ……」

モニカの情けない返事に、エリオットは「だとさ」と意地悪く笑ってフェリクスを見る。

話を振られたフェリクスは、感情の読めない穏やかな表情でモニカを見た。

「そう、それならお願いするよ。よろしく、モニカ・ノートン嬢」

六章　ローリング魔女

看板落下事件と植木鉢落下事件、二つの事件の犯人探しを引き受けたモニカは、真っ先に裏庭に向かった。

看板落下事件で使われた看板は、入学式の終了と同時に撤去されているので、おそらく手がかりは残っていないだろう。

一方、植木鉢が落ちてきた裏庭は、植木鉢の破片などを片付けず、そのままにしているらしい。裏庭は人が出入りすることもないから、無関係の人間に現場を荒らされる心配も無い。

モニカが裏庭に続く門を潜《くぐ》ると、すぐ近くの茂みがガサリと音を立てて揺れた。

「よぅ、モニカ。王子の護衛は順調かよ」

茂みから飛び出してきたネロは、フルフルと体を振って体にくっついた葉っぱをふるい落とす。

モニカはしゃがみこんで、ネロと目線を合わせた。

「……ネロ、どうしよう」

「おう、どうした」

「昨日《きのう》の、植木鉢から庇《かば》ってくれた人は、実は王子様だったの……」

モニカが護衛対象の顔を覚えていないが故の、不幸な事故であった。

ネロは尻尾《しっぽ》をゆらりと振ると、じとりとした目でモニカを見上げる。

「お前、護衛なんだよな？」

「……うん」

「お前が庇われてちゃ、駄目じゃね？」

ごもっともである。

モニカはあわあわと手を無意味に動かしながら、必死で弁明した。

「ちゃ、ちゃんと無詠唱魔術でガードしたもん！」

「へいへい、それで、お前は何しに来たんだ？」

「わたしが、植木鉢を落とした犯人と共犯って、疑われちゃって……潔白を証明するために、犯人探しを……」

ネロはたっぷり数秒沈黙すると、人間じみた呆《あき》れ顔《がお》でモニカを見上げる。

「お前、護衛なんだよな？」

「……はい」

「刺客扱いされてちゃ、駄目じゃね？」

もはや返す言葉も無い。

「……どうせわたしなんて、補欠合格の七賢人だもん……無能な引きこもりだもん……」

もう山小屋に帰りたい。とモニカが泣き言を漏らすと、ネロはやれやれとため息をついた。

「ったく、仕方ないご主人様だなぁ。ほら、元気出せよ。肉球プニプニするか？」

「……するぅ」

モニカはグズグズと洟《はな》を啜《すす》りながら、ネロを抱き上げる。

ネロは前足を持ち上げ、肉球でモニカの頬をプニプニと押した。

その柔らかな感触に、モニカの心は少しだけ落ち着きを取り戻す。

モニカの涙が引っ込んだ頃合いを見計らって、ネロが訊ねた。

「で、犯人探しって、まずは何をするんだ？」

「うん、まずは植木鉢がどこから落とされたかを調べたいの」

昨日の植木鉢は片付けられることなく、落とされた時の位置そのままで地面に散らばっている。

モニカはその破片を数個拾い上げた。

「……元々は寄せ植え用の大きめの植木鉢だったみたい。これぐらいの大きさの、丸い植木鉢……」

これぐらい、とモニカが両腕で輪を作ってみせれば、ネロは耳をピクピクさせながら怪訝《けげん》そうにモニカを見る。

「なんで破片を見ただけで、元の形が分かるんだ？」

「……？　破片を見たら、大体分かるでしょ？」

「分かんねーよ」

ネロの指摘に「そうかなぁ」と首を捻《ひね》りつつ、モニカは手に持った破片を手のひらに載せた。

片手に載る程度の物なら、モニカは大体の重さを当てることができる。

そうしてモニカは散らばった破片を見て、植木鉢の大体の大きさ、形状、重さを計算した。

（……植木鉢の破片に土の汚れはついてない。きっと未使用か、もしくは洗ってある、空の植木鉢だったんだ……）

頭の中に割れる前の植木鉢を思い描き、モニカはゆっくりと首を持ち上げて校舎を見る。

セレンディア学園はバルコニーに花を飾っていることが多い。

だから、殆《ほとん》どのバルコニーに植木鉢が並んでいた。むしろ植木鉢の無いバルコニーの方が少ないぐらいだから、フェリクスがモニカに調査を頼んだのも頷ける。

（昨日はほぼ無風状態だった。その上で、わたしが使った風の魔術の抵抗も踏まえて考えると……）

モニカは目視で校舎の高さを導きだし、その上で植木鉢の落下速度を計算。

該当するバルコニーの手すりはそれなりの高さがあるから、下に叩《たた》きつけるように投げるのは困難。バルコニーの手すりを乗り越えたところで、パッと手を離したと考えるのが妥当だろう。

（植木鉢の落下地点は土だから、ある程度クッションになっていた。その上で、破片はこれだけ小さくなり、かつ広範囲に飛び散っている……）

多少の誤差はあるが、植木鉢の残骸《ざんがい》を見れば、モニカにはどのバルコニーから落としたのか、大体の見当はつく。

（……あそこ。四階の、右から二番目のバルコニー）

モニカが部屋の位置を確認していると、ネロが前足でモニカのスカートの裾《すそ》を引っ張った。

「モニカ、オレ様も学校の中に入ってみたい」

「……駄目。見つかったら、つまみ出されちゃうよ」

「つまみ出されるもんか。見つかっても、人間どもはオレ様の魅力にメロメロだぜ」

確かに猫好きなら可愛《かわい》がってくれるかもしれないが、ソーンリー教諭のような厳しい人間に見つかれば、つまみ出されること間違いなしである。

モニカは「駄目だからね」と念を押すと、目当てのバルコニーを調べるべく校舎へ向かった。

＊　＊　＊

「あら貴女《あなた》、こんなところで何してるの？」

モニカが校舎の階段を上っていると、階段下から聞き覚えのある声が聞こえた。

足を止めて振り向けば、先程モニカの髪を編んでくれたクラスメイトのラナが、亜麻色の髪を揺らしながら階段を上ってくる。

（ど、どうしよう、なんて言えばいいんだろう……バルコニーの調査を頼まれたことは、秘密にした方がいい、よね？　ただの頼まれごとって言えば、大丈夫、かな？）

モニカは足を止めて、俯きながら指をこねる。

こういう時、気の利いた言い訳ができないモニカは「あのぅ……そのぅ……」と口の中でモゴモゴ呟《つぶや》くことしかできない。

そんなモニカをちらりと見て、ラナは横髪を指に巻きつけながら言った。

「生徒会の方に呼び出されてから、全然戻ってこないんだもの。心配してたのよ」

「……………え」

クラスメイトが自分のことを心配してくれた。

ただそれだけのことで、モニカの心臓は微《かす》かに跳ねる。

モニカは気がつくと緩んでしまう頬を両手で押さえ、ぎこちなく口を開いた。

「あの、えっと……ちょっと、生徒会の方には、頼まれごと、されて……」

モニカが頬を押さえて視線を彷徨《さまよ》わせながら言うと、ラナが不思議そうな顔をする。

編入生のモニカに生徒会役員が頼みごと、というのが珍しいのだろう。

「ふぅん。それで、どこに行きたいの？」

「えっと……よ、四階東棟の、奥から二番目の教室……」

「あぁ、第二音楽室ね。だったら、こっち」

ラナは上りかけていた階段を下りて、モニカに手招きをする。

四階に行くには階段を上らなくてはならないのに、どうして下りるのだろう？　モニカが不思議に思いながら後をついていくと、ラナは得意げに鼻を鳴らした。

「この時間、こっちの廊下は教室移動のあるクラスとぶつかるから混むのよ。こっちから行った方が早いわ」

モニカが人混みが苦手なことを察してくれたのか、或いは偶然か。

どちらにせよ、モニカにとってラナの提案は非常にありがたかった。

「あっ、ありがひょう……っ」

勢いをつけて礼を言ったら、案の定噛《か》んだ。

真《ま》っ赤《か》になるモニカに、ラナがぷっとふきだす。

「なにそれ、変なの！」

ラナは楽しそうにクスクスと笑った。からかい混じりだけど親しみのある、嫌味のない笑顔だった。ラナは「どういたしまして！」と言って、軽やかな足取りで歩きだす。

「この時間に階段を使うなら、東階段の方がいいわよ。化粧部屋なんかもね、こっちの方が断然空《す》いてるの」

「……化粧部屋？」

モニカにはピンとこない話だが、セレンディア学園には女子生徒が化粧を直すための部屋がいくつか存在するらしい。流石《さすが》は貴族の子女が通う学園なだけある。

（わたしには、一生無縁の部屋なんだろうな……）

そんなことを考えていると、先を歩くラナが足を止めた。彼女の視線の先には東階段がある。

音楽室に行くにはこの階段を上っていくはずなのだが、ラナは険しい顔で階段の踊り場を見上げ、眉《まゆ》をひそめていた。

階段の踊り場では、数人の女子生徒が立ち話をしている。

どうやら一人の女子生徒を、複数人が取り囲んでいるらしい。

（……あっ、あの人、は）

取り囲まれて、困ったように俯《うつむ》いている榛《はしばみ》色の髪の少女は、セルマ・カーシュ。

昨日《きのう》、医務室に運ばれたモニカの様子を見にきてくれた、保健委員の少女である。

小柄なセルマを取り囲んでいるのは三人の女子生徒。

その中でもリーダー格らしいキャラメル色の髪の少女が、一際よく響く声で言った。

「ねえ、噂《うわさ》じゃアーロンが急病で退学になるらしいじゃない。彼、良くないお店に出入りしてたって言うし、何か悪い病気でももらったんじゃない？　可哀想《かわいそう》なセルマ！　あんなにアーロンに尽くしてたのに！」

リーダー格の少女の言葉に、取り巻きらしい少女達も扇子で口元を隠しながら「本当可哀想」

だ。


「ええ、お可哀想に」と相槌《あいづち》を打つ。

可哀想、可哀想と言う割に、彼女達の目は嘲《あざけ》るような笑みの形をしていた。

ラナがリーダー格らしいキャラメル色の髪の少女を見て「カロラインだわ」と苦い顔で呟く。

どうやら顔見知りらしい。だが、あまり友好的な関係でないことは、ラナの表情を見れば明らか
「ねぇ、セルマ。今度、わたくしの家が主催の舞踏会に、貴女も呼んであげる！」

「まぁ、名案ですわ、カロライン様！　失恋の傷は新しい恋で癒《いや》すのが一番だもの！」

「どうせアーロンとの婚約もご破談でしょう？　新しくいい人を探した方がいいわよ、セルマ！」

取り巻きの一人の提案に、カロラインは扇子を揺らして笑い、セルマの顔を覗《のぞ》き込んだ。

「だったら、私の叔父《おじ》様なんていかが？　新しい妻を探しているの。貴女より三〇歳年上だけど、ハンサムでお金持ちよ」

ここまで言われても、セルマは何も言わない。手袋をした手を握りしめて、黙って俯いている。

ラナが振り向いて、モニカに耳打ちした。

「あの子達は相手にしないで、さっさと通り過ぎるのが一番よ。行きましょ」

ラナは先陣を切って早足で階段を上る。モニカも慌ててその後に続いた。

ラナは踊り場に差しかかったところで、道を塞《ふさ》いでいるカロラインに声をかける。

「ねぇ、通してくださらない？」

「あら、成金男爵家のラナ・コレットじゃない。相変わらず作法がなってないのね。わたくしの方が貴女の家よりずっと歴史があって格上なのよ？　まずは挨拶《あいさつ》の言葉ぐらい述べたらいかが？」

挑発的なカロラインの言葉に、ラナは細い眉を跳ね上げた。

「道を塞いで延々と立ち話するのが、格式ある家の作法だなんて知らなかったわ。ねぇ、さっさとそこを退《ど》いてくださる？　脱走した牛だって、飼い主に手綱《たづな》を引かれればすぐに動くのに……あぁ、ごめんなさい。貴女はお尻《しり》が重いから動きたくないのね」

「誰《だれ》が牛ですって⁉」

激昂《げきこう》したカロラインが、手を振り上げてラナの肩を押した。ラナが小さく悲鳴をあげてよろめく。

それでもラナは踊り場に差しかかったところにいたので、よろめく程度で済んだ。

だがラナの背後にいたモニカは、よろめいたラナとぶつかり、バランスを崩す。

あっ、と思った時にはモニカの体は傾き、宙に浮いていた。

「モニカっ！」

振り向いたラナがモニカに手を伸ばすが、届かない。

（……落ち、る）

その瞬間、モニカの思考は凄《すさ》まじい速さで回転した。

（室内で風の魔術を使ったらわたしが魔術師だってバレちゃう。だったら体の周りに防御結界を張る？　ううん、ダメ、どうしても落下の仕方が不自然になる……だったら……だったら……）

モニカは咄嗟《とっさ》に無詠唱で防御結界を張った。ただし、自分の体にではない。階段の段差を埋めるように、見えない結界を張ったのだ。

そうして階段をただの坂にしてしまえば、転がり落ちても、そこまで痛い思いをせずに済む。

国内最高峰と言われる緻密《ちみつ》な魔力操作技術を余すところなく用いて作られた、階段の段差を埋める結界。その上をモニカは転がり落ちていく。

モニカの計算通り、坂の上を転がるだけだから体はそこまで痛くない。痛くはない……のだが。

段差のある階段と、段差のない坂道。

それぞれの上から物を転がしたら、どちらがより勢いがつくか？

……言うまでもなく後者である。

その例に漏れず、モニカの体はそれはもう勢いよくゴロゴロと転がっていった。

「ひうみゃぁあああああああああああああっ⁉」

舌を噛まなかったのが奇跡のような勢いで階段を転げ落ち、その勢いのまま廊下をしばらく転がったモニカは、通りがかりの男子生徒に衝突した。

ぴぎゃぁ！　というモニカの間の抜けた悲鳴に、うぐっという低い呻《うめ》き声が重なる。モニカとぶつかった誰かの声だ。

モニカは涙目になりながら起き上がり、尻餅《しりもち》をついている男子生徒に早口で謝罪した。

「ごっ、ごめんなさいごめんなさいごめんなさいっ！」

モニカが衝突したのは、銀色の髪を首の後ろで括《くく》った青年だ。モニカは一度この青年を見ているのだが、パニックになっているせいで、それどころではない。

「……怪我《けが》は？」

ぶつかった相手は、モニカのことを気遣うように手を差し伸べてくれた。

だが、モニカは差し伸べられた手にすら気づかず、早口で謝り続ける。

「ごめんなさいっ、迷惑かけてごめんなさいっ」

「………」

その男子生徒は無言でモニカを見下ろしていたが、やがて手袋をした指をモニカの頭に伸ばした。

反射的にモニカは両手で頭を庇《かば》う。ぶたれる、と思ったのだ。だが、青年の指はモニカの前髪をそっとかき分けただけだった。

「額が少し赤くなっているな。ぶつけたのか？　他に痛む場所はあるか？」

「……ぇ、ぁ」

そこでようやくモニカは、目の前の青年が自分を責めているわけではないことに気がついた。

それどころか、彼はモニカを心配してくれたのだ。

青年が指先で触れた額は、ほんの少しだけひんやりと冷たい。

（……？　氷の魔術？　でも、詠唱はしてないから……もしかして、無意識に魔力が漏れてる？）

そんなことを考えていると、ラナが大慌てで階段を駆け下りてきた。

階段にかけた結界を、即座に解除しておいて良かった。でないと、今度はラナが階段を滑り落ちるところだった、とモニカはこっそり胸を撫《な》でおろす。

「ちょっと、ねぇ！　だ、大丈夫っ⁉」

「……あっ、はい……」

モニカがこくりと頷《うなず》くと、ラナは深々と安堵《あんど》の息を吐いた。ラナもまた、モニカの身を案じてくれたのだ。

こういう時は、気遣ってくれてありがとうと言うべきだろうか、心配させてごめんなさいと言うべきだろうか、モニカが悩んでいると、銀髪の青年が口を挟んだ。

「……それで、これは何の騒ぎなのだ？」

怪訝《けげん》そうにしかめられた顔を見て、モニカはようやくこの青年のことを思い出した。

彼は、暴れていたアーロン・オブライエンを氷の魔術で黙らせた青年だ。

「生徒会副会長のシリル・アシュリー様よ」

ラナが小声でモニカに囁《ささや》く。

なるほどこの青年がフェリクス曰《いわ》く「心配性の副会長」らしい。

「誰か、この状況の説明をできる者は？」

シリルが訊《たず》ねると、階段の踊り場にいたカロラインが悠々とした足取りで階段を下りてきた。その顔に、余裕たっぷりの笑みを浮かべて。

「そこのラナ・コレット嬢が、ふざけて学友を階段から突き飛ばしたのですわ」

「はぁっ⁉」

悪びれるどころか責任をなすりつけようとするカロラインに、ラナは細い眉を吊《つ》り上《あ》げて叫んだ。

「貴女がわたしを突き飛ばしたんでしょ⁉　モニカはとばっちりよ！」

「まぁ、わたくしに責任転嫁するつもり？　成金の家の子は、神経が図太くて嫌ね」

カロラインの言葉に取り巻きの少女達が「そうよ、そうよ」と同調する。

その同調の言葉に気を良くしたカロラインは唇の端を持ち上げ、上目づかいにシリルを見た。

「勿論《もちろん》、アシュリー様はそんな成金男爵家の娘より、由緒正しいノルン伯爵家のわたくしを信じてくださいますわよね？」

カロラインの言葉にラナがギリッと歯軋《はぎし》りをした。

モニカは知っている。たとえこちらに非が無くとも、身分の高い者が「お前は悪だ」と言えば、それが真実になるということを。

「……あ、あの……っ」

モニカがおずおずと口を開くと、腕組みをしていたシリルが青い目をギロリと動かしてモニカを見た。気のせいか、周囲の空気が一気に冷え込んだ気がする。

シリルの視線に、モニカは俯き萎縮《いしゅく》した。

この青年は、階段から落ちたモニカの身を案じてくれた人だ。

それでもカロラインの罪をモニカが訴えたところで、耳を貸してはくれないだろう。

彼はこの学園の秩序を守る生徒会役員で、貴族社会を反映したこの学園では身分が全《すべ》て。

(わたしなんかが何を言っても、無駄に決まってる……)

モニカは目の前に立つシリルに諦《あきら》めの目を向け、唇を噛み締める。

(……それでも)

もしカロラインが自分は何も知らないのだと、しらを切っただけならば、モニカは諦めてその言葉を受け入れただろう。だが、カロラインはラナに罪をなすりつけた。

このままだと、ラナが悪人にされてしまう。

——冤罪《えんざい》で、咎《とが》められてしまう。

(それだけは、絶対、ダメ……っ)

モニカは血の気の引いた唇を開く。

（お願い、動いて、わたしの喉《のど》）

泣きそうな気持ちで自分を叱咤《しった》し、モニカは言った。

「わっ、わたしがっ、足を滑らせた、だけ、ですっ……！」

カラインを訴えることは無理でも、せめてラナが罪を被《かぶ》せられることだけは避けたい。

その一心で、モニカはシリルに訴える。

「だれも悪くなくて……わ、わたしの、不注意なんですっ、ごめんなさいっ！」

モニカが頭を下げると、ラナが「ちょっと！」と不満そうな声をあげる。

それでもモニカは、早口でラナの声を遮った。

「だから、あの、もう大丈夫……なのでっ！　おっ、お騒がせ、しました……っ！」

被害者のモニカがいなくなれば、この場はお開きになるはずだ。

そう考えたモニカは、鈍臭い足取りで階段を駆け上り、その場を立ち去った。

＊　＊　＊

階段を一気に駆け上ったモニカは、ヒィハァと荒くなった呼吸を整える。

震える歯と歯がぶつかるカチカチという音が、やけにうるさい。

（……大丈夫、大丈夫、わたしが我慢すれば、余計なことを言わなければ、ちゃんと丸く収まる、から……）

モニカは階段から落ちた際に少し汚れたスカートの裾《すそ》を払い、ずれた手袋をきちんとはめ直した。

今はフェリクスの命を狙《ねら》う刺客探しに集中したい。

植木鉢落下事件は明確な殺意を持って行われた暗殺未遂事件だ。護衛役として看過はできない。

(でも、犯人はどうして、殿下を狙ったんだろう……?)

フェリクス達は不正をしたアーロン・オブライエンの共犯者が、逆恨みで植木鉢を落としたと考えているようだが、モニカには違和感があった。

アーロン・オブライエンは共犯者がいたことを仄《ほの》めかしている。

ならば共犯者は、アーロンを口封じのために排除しようと考えたりはしなかったのだろうか?

(なんか、穴だらけの不完全な数式みたい……)

その穴を埋めるためには、まだ情報が足りない。

今はまず情報集めだと自分に言い聞かせ、モニカはお目当ての部屋——東棟四階、第二音楽室の前で足を止めた。

室内からはピアノの音が聴こえる。誰かが中で演奏しているらしい。勝手に入ったら怒られるだろうか? だが、できるだけ早く情報を集めたい。

モニカは葛藤《かっとう》の末に小さく扉をノックして開ける。

ちょっとしたサロンのように上品な音楽室には、立派なピアノが設置されている。

ピアノは庶民には決して手が届かない高級楽器だ。そんなピアノの前に座って鍵盤《けんばん》の上で指を滑らせているのは、金色の巻き毛の女子生徒だった。襟元のスカーフの色から察するに、高等科の三年生なのだろう。

その女子生徒はピアノを弾く手を止めると、モニカの方を振り向きもせずに言う。

「この部屋は今、あたくしが使っています。用があるなら後になさい」

「あ、あのっ、ごめんなさい。バルコニーに……その……わ、忘れ物が、あって……」

モニカの言葉に、金髪の令嬢は無言で譜面をめくる。そして独り言のように「手短に済ませなさい」とだけ告げた。

モニカはもごもごと礼を言い、早足でバルコニーに出る。

バルコニーには予想通り、植木鉢がいくつか並んでいた。裏庭に落とされた物と形もよく似ている。

(……植木鉢は寄せ植えをされた物が三つ、それと……)

一つだけ空の植木鉢が、上下が逆にひっくり返った状態でバルコニーの端に置かれていた。モニカはしゃがみこんでその植木鉢を確認する。

持ち上げてみても中身は何も無い。本当にただ空の植木鉢を逆さまにしただけだ。

(なんで、この植木鉢だけ逆さまにしてるんだろう?)

疑問に思いつつ、モニカは植木鉢を元の位置に戻した。

逆さまの植木鉢は酷《ひど》く汚れていて、手袋に土汚れが付着している。モニカは手袋の汚れを軽く払ったが、土汚れはしっかりこびりついていた。

寮に戻ったらまずは手袋を洗濯しなくては。モニカは予備の手袋を持っていないのだ。

モニカは手袋の汚れを気にしつつ、バルコニーの手すりに目を向けた。

転落防止のバルコニーの手すりはだいぶ高い。小柄で非力なモニカが重たい植木鉢をここから落とそうと思ったら、相当苦労するだろう。

（……もしかして）

モニカがしばし考え込んでいると、室内から聴こえていたピアノの音が止まった。

モニカはハッと室内に目を向ける。ピアノの前に座っていた女子生徒は、冷ややかな目でモニカを見ていた。

改めて見ると、非常に美しい令嬢だ。美醜に疎《うと》いモニカでも、相当な美人だということぐらいは分かる。

迫力のある美貌《びぼう》にモニカが尻《しり》ごみしていると、令嬢はピアノの蓋《ふた》を閉めながら告げた。

「あたくしはもう教室に戻ります。もう鍵《かぎ》をかけたいのだけど？」

「あっ、ご、ごめんなさいっ、出ますっ」

モニカはバルコニーと音楽室を繋《つな》ぐ扉に鍵をかける。

そして、ピアノに鍵をかけている美貌の令嬢におずおずと訊ねた。

「あのっ、この教室の鍵って……普段は、どうなってるんですか？」

「音楽室の利用は、職員室で鍵を借りることになっているわ。使いたいなら、第二音楽室使用申請書を提出することね」

モニカは小声でモゴモゴと礼を言うと、大慌てで音楽室を後にする。

その背中を、美貌の令嬢は琥珀色《こはくいろ》の目でじぃっと見つめていた。

＊　＊　＊

出鱈目《でたらめ》な改竄《かいざん》を繰り返して滅茶苦茶《めちゃくちゃ》にされた会計記録は、まさにアーロン・オブライエンの置き土産《みやげ》である。

フェリクスが改竄だらけの会計記録を黙々と見直していると、領収書の見直しをしていたエリオットが、世間話のような口調で言った。

「なぁ、賭《か》けようぜ。あの子リスが何日で音を上げるか。俺は三日だ」

「君は彼女が気に入らない？」

モニカ・ノートンが頼りないことは事実だが、それにしてもエリオットの態度は露骨だった。

フェリクスの言葉に、エリオットはフンと鼻を鳴らす。

「あぁ、気に入らないな。彼女、どう見ても貴族じゃないだろう？　……この学園に通うなんて、身の程知らずにも程がある」

そう呟《つぶや》くエリオットは軽口を装っていたが、声には本物の嫌悪が滲《にじ》んでいた。

エリオットはフェリクスを見据え、低い声で言う。

「俺は己の分を弁《わきま》えない平民が大嫌いなんだ」

「あぁ、知ってるよ」

セレンディア学園に通うのは貴族の子女が殆《ほとん》どだが、準貴族以下の者も少なからずいる。基本的に金を積めば、入学は可能なのだ。

だが、そのことをよく思っていないエリオットのような者は少なくない。

「それにしても意地が悪いね、エリオット。裏庭に面した教室だけでいくつある？　編入生の彼女が、全部の教室を回って聞き込み調査をできるとは、とても思えないけれど」

「それでも、俺達が動いて目立つよりはマシだろう。まして、昨日《きのう》みたいにこっそり夜中に部屋を抜け出してなんて……とても王族のやることとは思えないぜ」

エリオットは棘《とげ》のある口調で言い、垂れ目を細めてフェリクスを睨《にら》んだ。

昨晩、誰《だれ》にも言わず、フェリクスが単独行動をしたことが気に入らないのだろう。

だが、エリオットの咎めるような視線をさらりと流し、フェリクスは涼しい顔で羽根ペンを動かす。

「学園内のトラブルはなるべく内密に処理したいんだ。クロックフォード公爵に介入されたくないからね」

クロックフォード公爵はフェリクスの母方の祖父にあたる、この国でも有数の大貴族だ。

このセレンディア学園は、クロックフォード公爵傘下にある学園。

もし、学園内で大きな事件が起これば、クロックフォード公爵の顔に泥を塗ることになる……それだけは絶対に許されない。

たとえ「公爵の犬」と言われようと、フェリクスはクロックフォード公爵の意に背くことはできないのだ。絶対に。

「なにより……フェリクス・アーク・リディルは、この程度の事件も処理できない無能だと思われたら困るんだ」

フェリクスの言葉にエリオットが何か言いかけたその時、生徒会室の扉が控えめにノックされた。

どうぞと声をかければ、ゆっくりと扉が開き、小柄な少女が姿を見せる。

モニカ・ノートン。高等部二年の編入生。身なりも立ち振る舞いも、何もかもがセレンディア学園には相応《ふさわ》しくない痩《や》せっぽっちの少女。

エリオットに苛《いじ》められている少女にほんの少しの哀れみを向けつつ、フェリクスは優しく声をかける。

「やぁ、ノートン嬢。何か進展はあったかい？」

まだ数時間しか経《た》っていないのに、進展などあるはずがない。そもそも、フェリクスは最初からこんな少女に期待などしていない。

だが小柄な編入生は指をこねながら、小さな小さな声で言った。

「……犯人、分かり、ました」

七章　第二王子の秘密

「あぁ、可哀想《かわいそう》なセルマ。婚約者のアーロンが退学になってしまったなんて」

「急病なんですって？　まぁ、もったいない。せっかく生徒会会計になれたのに」

「学園に残されるセルマが可哀想！」

ちっとも可哀想と思っていない顔で、友人達がセルマに囁《ささや》く。

友人……そう、友人だ。たとえセルマが彼女達の引き立て役で、雑用係であっても、友人という肩書きの人間がいてくれれば、セルマは安心できる。

だって、地味で取り柄のないセルマは何も持っていないから。友人がいるなら「何も無いセルマ」にはならずに済む。

「わたくし、アーロンが三年のブリジット様に夢中だと聞いたわ」

「まぁ、セルマという婚約者がありながら！」

「でも仕方ないわよね。ブリジット様は本当にお美しいもの」

地味なセルマと違ってね、と友人は扇子の下で小さく呟く。

アーロン・オブライエン。何も持っていないセルマの大事な大事な婚約者。

たとえアーロンがセルマを愛していなくとも、それでもセルマにとっては大事な人なのだ。

（だから、私が彼を助けてあげないと。彼を助けてあげられるのは、私だけだって、あの人も言っていたのだから……）

セルマは真新しい手袋をはめた手を、きつく握りしめる。

その時、友人達がいっせいに顔を上げて華やいだ声をあげた。

つられてセルマも顔を上げれば、焦茶の髪に垂れ目の青年――生徒会書記エリオット・ハワードがこちらに向かってくるのが見える。

「やぁ、セルマ・カーシュ嬢。貴重な休み時間に失礼。ちょっと良いかな？」

あぁ、この時がきたのだと、セルマは無言で唇を噛《か》み締《し》めた。

＊　＊　＊

植木鉢落下事件の犯人を突き止めてから数時間後の昼休み、モニカが生徒会室で待機していると、エリオットがセルマ・カーシュを連れて戻ってきた。

セルマは小柄な体を更に縮めて俯《うつむ》いている。それは自分が何故《なぜ》呼び出されたのか分からないという顔ではない。

血の気の引いた青白い顔は悲壮な覚悟に満ちていて、ヘーゼルの目は暗く澱《よど》んでいた。

セルマを除くと、生徒会室にいるのはフェリクスとエリオット、そしてモニカの三人。

セルマの目が一瞬だけ怪訝《けげん》そうにモニカを見た。何故、生徒会室にモニカがいるのか気になるのだろう。

「さて」

フェリクスが発した短い一言で、場の空気が変わった。

いつも穏やかなフェリクスの声に冷ややかな空気が滲むだけで、場の空気は一気に張り詰める。

優しげな碧《あお》い目が少し細められるだけで、笑みの質が変わる。

声色や表情だけで相手を圧倒し、場を支配する。それが王族なのだと、怯《おび》えるセルマを見ながらモニカは改めて思い知る。

「二日前、入学式前日に式典会場で私の上に看板が落ちてきた。そして昨日、裏庭にいた私の上に植木鉢が落ちてきた。よく似た手口だね。きっと同一犯だ」

フェリクスは指先で、トントンと机を叩《たた》いた。

ただそれだけの仕草で、セルマの肩が怯えたように跳ねる。

「この二つの事件の犯人が君だと、ここにいるモニカ・ノートン嬢が主張しているんだ。さて、ノートン嬢。その理由を説明してくれるかな？」

「へぅっ⁉」

モニカは先程フェリクスとエリオットに自分の調査結果を語ったばかりである。

どうせなら殿下がセルマに語ればいいのに、と思いつつ、モニカは渋々口を開いた。

「えっと、看板落下事件はもう現場が片付けられてしまったので、調べようがありません……けど、植木鉢を落としたのが、どこのバルコニーかは……植木鉢の砕け方と落下位置を見れば、大体見当はつきます。あの植木鉢は四階の第二音楽室から落とされた物でした」

モニカが黒板に計算式を書いて具体的な説明をしようとすると、フェリクスが「そこは省略していいよ」とやんわり止める。

（うぅ……計算式の解説なら、いくらでも喋《しゃべ》れるのに……）

モニカはしょんぼりとチョークを置くと、言葉を続けた。

「……どこのバルコニーから植木鉢を落としたのかが分かれば、あとは簡単です。第二音楽室は利用申請書を出さないといけない、から……」

「俺の方でも確認させてもらったよ。昨日の昼休み、第二音楽室の利用申請を出していたのは、セルマ・カーシュ嬢。君だった」

そう言ってエリオットがじろりとセルマを睨む。

セルマは黙って俯いたまま、何も言わない。モニカは慎重に言葉を選んだ。

「バルコニーの柵《さく》のそばに、汚れた植木鉢が一つ、逆さまに置いてありました。それは小柄な犯人が足台代わりにしたから、です。あそこのバルコニーは、手すりの位置が高かったから……」

植木鉢を足台にしたのも、軽くて中身が空の植木鉢を犯行に使ったのも、犯人が非力で小柄な女子生徒だったことを示している。

（それに、なにより……）

モニカはセルマの手を見た。セルマの手には真新しい白い手袋がはめられている。

この学園では手袋も制服の一部だ。だがモニカが医務室で目覚めた時、セルマは手袋をしていなかった。

白く繊細な指──労働を知らない淑女の手は、今もモニカの目に焼きついている。

セルマが手袋をしていなかったのは、足台代わりにした植木鉢を動かした時に、汚れてしまったせいだ。

バルコニーから落とされた植木鉢は綺麗《きれい》で、汚れた植木鉢は逆さになっていた物だけ。

手袋を汚してでも植木鉢をひっくり返したのは、小柄なセルマには足台が必要だったからだ。

「……第二音楽室のそばの化粧部屋のゴミ箱に、土で汚れた手袋が捨てられていました。手袋にはセルマさんのイニシャルが、刺繍《ししゅう》されてました」

その言葉が決定打だった。

項垂《うなだ》れていたセルマはその場に膝《ひざ》をつくと、両手で顔を覆う。

「そう……そうです、私がやりました！」

セルマは嗚咽《おえつ》混じりに叫び、顔を持ち上げる。

涙に濡《ぬ》れた頬は、いびつな笑みの形で痙攣《けいれん》していた。見開かれた目は焦点が合っていない。

「植木鉢を落としたのも、看板を落としたのも……生徒会の予算を着服したのも私です！　全部全部私がやりました！　アーロンを唆したのも私です！　彼は私に騙《だま》されていただけなんです！　ですから……あぁ、お願いです、どうか、アーロンにご慈悲を……彼は悪くないんです。彼が着服したお金は、私が全部返しますから！」

セルマの必死の声に、フェリクスは哀れみの目を向けて首を横に振る。

「残念だが、着服にアーロン・オブライエンが関わっていることは分かってるんだ。君が何を主張したところで、彼の処分は覆らない」

「お願い……お願いです……私はどうなってもいいから……彼を許して……」

啜《すす》り泣《な》きながら懇願するセルマに、エリオットが嫌そうな顔をした。

「なんでそこまでして、アーロンを庇《かば》おうとするんだ？　あいつは着服した金を、婚約者である君以外の女性に貢いでいたんだぞ？」

　残酷な指摘をされても、セルマに衝撃を受けた様子は無かった。おそらく知っていたのだろう。アーロンがセルマを愛していないことを。

　それでもセルマは、アーロンを断罪したフェリクスを恨み、危害を加え、最後は着服の罪を全《すべ》て自分が背負おうとした。

　それが献身によるものなのか、もしくはそうまでしてでもアーロンの心を繋《つな》ぎ止めたかったのか、モニカには分からない。

　モニカは植木鉢の破片を見ただけで、犯人がセルマであるという事実に辿《たど》り着くことができた。だけど、どんなに言葉を並べられても、セルマの動機――アーロンに愛されたいという、彼女の気持ちが理解できない。

　セルマの犯行はあまりに突発的で稚拙だ。その上、アーロンを庇えるのなら自分が犯人だとばれても構わない、という風にすら感じられた。

（……どうして、そこまで他人に期待できるんだろう）

　モニカが無表情にセルマを見ていると、フェリクスがエリオットに指示を出して、セルマを別室に連れて行かせた。いずれ、セルマにもアーロン同様の処分が言い渡されるのだろう。

　セルマとエリオットが部屋を出たのを確認し、モニカはフェリクスをちらりと見る。

「あ、あの……あの人は、どうなるん、ですか？」

「看板と植木鉢の件は、王族の暗殺未遂。彼女もその一族も、極刑は当然だろう？」

　フェリクスの声は穏やかだけど冷ややかだ。

モニカは両手を胸の前で握りしめて、カタカタと体を震わせた。

モニカがセルマの罪を見抜いたことで、セルマとその家族が処刑される。

……王族の護衛をするとは、こういうことなのだ。

モニカが青ざめ俯いていると、フェリクスは声のトーンを少しだけ柔らかくした。

「……と言いたいところだけど、セルマ・カーシュ嬢が起こした事件を公にするのは難しいだろうし、彼女もまた体調不良ということで自主退学してもらうのが妥当だろう」

そう言ってフェリクスは椅子に座り直し、小さく息を吐いた。

「なにより、大事な人のために全てを投げ出そうとした彼女の姿には……思うところがあるからね」

呟《つぶや》くフェリクスの碧い目は、モニカではなく遠いどこかを見ているような気がした。

モニカは眉《まゆ》を下げて首を傾《かし》げる。

「そういうもの、ですか？」

報われるとは限らないのに全てを投げ出そうとしたセルマの姿が、モニカには尊いものではなく、恐ろしいものに思えた。

執着心ならモニカも持っている。

けれど、モニカが執着するのは数式や魔術式だけだ。モニカは人には執着できない。だからセルマが理解できない。

（……わたしには、よく分からない）

何はともあれ、事件は無事に解決したのだ。これでモニカの疑いも晴れた。

もう教室に戻っても良いだろうと、モニカはフェリクスをチラチラ見る。

「それじゃあ、あの、わたしは、これで……」

そこまで言いかけたモニカは、ふとフェリクスが机の上に広げている資料に目を留めた。

ずらりと並ぶ数字から察するに、会計記録なのだろう。ところどころに修正の跡があるのは、おそらくアーロン・オブライエンが改竄《かいざん》した部分を訂正したからだ。

資料に並ぶ数字を見ていたら、俄《にわ》かにモニカの心は弾みだした。モニカは会計記録のように数字が並んだ資料を見ると、心躍る性分なのだ。

……だが、きらきらと輝いていたモニカの目はすぐに陰る。

「……三箇所」

資料を凝視して呟くモニカに、フェリクスが「うん？」と首を傾げる。

今までフェリクスとは距離を置いていたモニカだったが、ズカズカと早足で机に近づくと、資料を指さし、モニカにしては珍しく強い口調で言った。

「ここと、ここと、ここの数字が合ってない、です」

モニカは美しい数式が好きだ。人々が美術品を美しいと称賛して愛《め》でるように、モニカは数式を愛している。

だからこそ、不完全な数式や計算の合っていない会計記録を見ると酷《ひど》くムズムズするのだ。完璧《かんぺき》な美術品にできた染みのように、計算の間違いが気になって気になって仕方ない。

そして、目の前にあるこの資料はまさに染みだらけなのだ。

資料を凝視するモニカにフェリクスが声をかける。

「君は会計記録の見方が分かるのかな？」

「中央式、西部標準式の会計記録なら」

モニカはフェリクスには目も向けず、記録の数字だけを凝視しながら答える。それは王族に対する不敬ととられても仕方のない態度だ。

だが、フェリクスは口元に面白がるような笑みを浮かべた。

「ねぇ、ノートン嬢。もしよければ、会計記録の見直しを手伝ってくれないかい？」

フェリクスの提案に、記録を見ていたモニカはパッと顔を上げた。

「いいんですかっ！」

山小屋に溜《た》め込んでいた仕事はルイス・ミラーの手で他の人間に割り振られているし、セレンディア学園の授業は語学や歴史、教養が中心。

つまるところ、モニカは数字に飢えていた。

「おいで」

フェリクスはモニカを手招きし、生徒会室と繋がっている資料室に案内する。

美しい装飾が施された鍵《かぎ》付きの棚には、紐《ひも》で綴《と》じられた資料がギッシリと詰めこまれていた。

「奥の棚は歴代生徒の名簿、その隣は現役生徒の名簿、その隣は教師関係。行事関係はこっち」

フェリクスは棚の一つ一つに何が収納されているかを説明すると、一番右端にある棚の前で足を止める。

「ここが会計関係の棚」

フェリクスは上着のポケットから鍵束を取り出し、棚の鍵を開けて資料を取り出した。

資料室には作業用の机と椅子がある。フェリクスはそこに資料を置いた。

「君には、過去五年分の会計記録の見直しを頼みたいんだ」

「わ、分かりましたっ！」

喜びを隠しきれず弾む声で言うモニカに、フェリクスは「ありがとう」と美しく微笑《ほほえ》む。大抵の令嬢ならうっとりしそうな笑顔だが、モニカの丸い目はもう目の前の資料の山に釘《くぎ》づけだった。

「授業のことなら、私から教師に話しておくよ。量が多いから、できるところまででいい」

「はいっ！」

返事をすると同時にモニカは勢いよく帳簿をめくりだす。

久しぶりに張り切るモニカの目は、爛々《らんらん》と輝いていた。

＊＊＊

（……さて）

早速帳簿と向き合い始めたモニカの横顔を見つめ、フェリクスは極々自然な態度でポケットから鍵束を落とした。

チャリ、と軽い音がしてもモニカは気づいた様子はない。それでも作業机と資料棚の動線上に落としたから、資料棚に移動する時に必ず気づくはずだ。

フェリクスはモニカを資料室に残したまま、その場を後にする。

そして廊下の角を曲がると、周囲に人がいないことを確認してポケットを軽く叩いた。

「ウィルディアヌ」

フェリクスの呼びかけに応《こた》えるように、ポケットから小さなトカゲがスルスルと這《は》い出てきた。水色がかった白い鱗《うろこ》のトカゲは、薄い水色の目をしている。

普通のトカゲならば絶対に有り得ない色彩のそのトカゲは、フェリクスと契約している上位精霊だ。

「お呼びですか?」

フェリクスはポケットのそばに手を差し伸べる。ウィルディアヌはフェリクスの指先を辿って、手の甲によじ登った。

フェリクスはウィルディアヌを自身の顔のそばまで持ち上げて小声で命じる。

「資料室に張りついて、ノートン嬢を見張ってくれ」

「……そのために、わざと鍵を落とされたのですか?」

フェリクスはくつくつと喉《のど》を鳴らして笑う。その笑みは、穏やかで優しげな王子様の微笑みとは違う。罠《わな》を仕掛ける狩人《かりうど》の笑みだ。

自分に近づき、会計記録を見たがるモニカを、フェリクスはもう一般人だとは思っていない。何か目的があって近づいたと考えるのが妥当だ。

考えられるパターンは三つ。

一、フェリクスの母方の祖父であるクロックフォード公爵が寄越《よこ》したお目付役。

二、フェリクスの父である国王が寄越したお目付役、もしくは護衛。

三、フェリクスの命を狙《ねら》う刺客。

だが、クロックフォード公爵や国王の差し金にしては、モニカはあまりにも無能すぎる。

あんな色々とぬけている娘を、クロックフォード公爵や国王が差し向けるとは考えにくい。

かと言って、モニカ・ノートンがフェリクスの命を狙う刺客かというと、やはり首を捻《ひね》らざるをえない。

モニカはフェリクスの顔を知らなかったようだし、何よりモニカが刺客なら、昨晩フェリクスが出歩いていた時に危害を加えているはずだ。

フェリクスの手の甲の上で、白いトカゲは控えめに訊《たず》ねた。

「モニカ・ノートン嬢が本当に何も知らない、ただの女子生徒……という可能性もあるのでは？」

「だから、試したんだよ」

もし、モニカ・ノートンがなんらかの目的を持ってこの学園にやってきたのだとしたら、きっと資料室の資料を漁《あさ》るはずだ。フェリクスが落とした鍵を使って。

「もしノートン嬢が拾った鍵で無関係の棚を漁っていたら、報告してくれ」

そのためにフェリクスは、どの資料がどの棚にあるかをモニカに教えたのだ。

かしこまりました、と告げるウィルディアヌをフェリクスがそっと床に下ろす。

「さて、放課後になるのを待とうじゃないか。その頃《ころ》には彼女の化けの皮も剥《は》がれる」

「……もし、剥がれなかったら？」

ウィルディアヌの問いに、フェリクスは碧《あお》い目を細めて笑った。

「そうだね、その時は……」

＊　＊　＊

放課後ともなればクラブ活動をする者、お茶会をする者などで人の移動が多くなり、必然、廊下に人も増える。

そんな中、生徒会室に続く廊下のそばで、三人の女子生徒が立ち話をしていた。

会話の中心になっているのは、キャラメル色の髪のノルン伯爵令嬢カロライン・シモンズだ。

「どうしてセルマが生徒会の方に呼ばれたのかしら？」

カロラインが扇子の下で疑問の声をあげれば、取り巻きの少女達は声を潜めてそれに応じる。

「さぁ、アーロンのことで何かあったのではなくて？　セルマはアーロンの婚約者だし」

「ねぇ、まさかと思うけど……セルマが生徒会会計の後任になる、なんてことはないわよね？」

少女の言葉にカロラインは、鼻を鳴らして笑った。あの地味で冴《さ》えないセルマが生徒会役員だなんて！

生徒会役員はセレンディア学園の頂点だ。家柄と成績の両方に優れている者でなければ選ばれない。

まして現在の生徒会長はこの国の第二王子フェリクス・アーク・リディルなのだ。

リディル王国には三人の王子がいるが、誰《だれ》が次期国王になるかを現国王は未《いま》だに明言していない。

現在、国内貴族達の間では、第二王子のフェリクスを次期国王に据えようという動きが強くなっている。

なんと言ってもフェリクスには大貴族であるクロックフォード公爵の後ろ盾があるのだ。第二王子派の勢力は日に日に強くなっている。

このまま順当にいけばフェリクスが王になるのは間違いない。

だからこそこの学園の令嬢達は、誰もが目の色を変えてフェリクスの婚約者の座を狙っている。カロラインもだ。

なによりフェリクスは、無骨な第一王子や、幼くて影の薄い第三王子と比べて、飛び抜けた美貌《びぼう》の持ち主だ。

フェリクスを一目見て恋に落ちたカロラインは、暇さえあれば生徒会室のそばをうろうろしていた。

三年のフェリクスと二年のカロラインでは学年が違うから、同じ学園にいても遭遇する機会は少ない。だからこそ、チャンスは自分で作るしかないのだ。

(そろそろ、フェリクス様がこの廊下を通るお時間だわ)

今日という今日こそはお近づきになるのだと、カロラインが密《ひそ》かに決意を固めていると、背後から靴音がした。

もしやフェリクスではと期待に胸を躍らせて振り返ったカロラインの目に映るのは、艶《つや》やかな金髪に完璧な美貌の令嬢。

生徒会役員で唯一の女子生徒。シェイルベリー侯爵令嬢ブリジット・グレイアム。

セレンディア学園が誇る三大美人の一人に数えられている美貌の令嬢は、その美しい顔を女子生徒達に向けて、冷ややかに告げた。

「通行の邪魔よ。通してくださる？」

その一言でカロラインの取り巻きの少女達は、恥じらうように頭を下げて壁際に寄る。カロラインもそれにならった。

もしこれが生意気な成金男爵家のラナ・コレットなら「貴女《あなた》が迂回《うかい》すれば？」ぐらい言ってやるのだが、ブリジットはあまりにも格が違う。

成績優秀で常に高等科三年上位の成績を維持。特に語学分野においては、総合成績一位のフェリクスに並ぶ才女。容姿も家柄も申し分なく、フェリクスと幼馴染《おさななじみ》。

なにより、現生徒会で唯一フェリクスが指名した女子生徒。それがブリジットなのだ。それだけ彼女はフェリクスに信頼を置かれているし、周囲も彼女こそフェリクスの婚約者に相応《ふさわ》しいと噂《うわさ》している。

非の打ち所のない完璧な淑女を前に、カロラインは黙って俯《うつむ》き、道を譲ることしかできなかった。


美貌の令嬢ブリジットは、生徒会室のそばでうろうろしていた女子生徒には目もくれず、真《ま》っ直《す》ぐに生徒会室に向かう。

そうしてドアノブを回したブリジットは、怪訝《けげん》そうに眉《まゆ》をひそめた。扉の鍵が開いている。

今日は自分が一番乗りだと思ったのだけれど、と少し不思議に思いつつ、彼女は室内に足を踏み入れた。

生徒会室に人の姿はない。だが隣接した資料室から微《かす》かに物音が聞こえる。

誰かが作業をしているのなら声をかけようと、ブリジットは資料室を覗《のぞ》き込み、そして絶句した。

資料室の棚の一つが空になり、床には資料が積み上げられている。

そして奥にある作業机では、見覚えのない薄茶の髪の少女が黙々と資料を読んでいるではないか。

「お前は先程、音楽室に来ていた女子生徒ね。クラスと名前を名乗りなさい。誰の許可を得て、この部屋に入ったの？」

ブリジットが声をかけても、小柄な背中はピクリとも反応しない。

「答えなさい」

強い口調で言ってもなお、少女は反応しなかった。

焦《じ》れたブリジットが更に声を張り上げようとしたその時、背後から二人の男子生徒が現れた。どちらも生徒会役員だ。

「おや、今日はブリジット嬢が一番乗りか……ってなんだこりゃ⁉」

「資料が出しっぱなしじゃないですか！　あれっ、そちらの方はどなたですか？」

ブリジットの背後でギョッとしているのは書記のエリオットと庶務のニール。二人ともブリジットと同じ生徒会役員である。

エリオットは、この資料室を荒らしている娘のことを知っているらしく、机に近づき声をかけた。

「ノートン嬢。おい、そんなところで何してるんだ？　それは会計資料だろ。君が勝手に見ていい物じゃない。おいノートン嬢、モニカ・ノートン嬢、聞こえてるのか？」

モニカと呼ばれた少女はエリオットが声をかけてもピクリとも反応せず、黙々と会計資料を読み続けている。

庶務のニールが困ったように眉を下げた。

「見たところ、僕と同じ二年生みたいですけど……初めて見る方ですねぇ」

ニールは机に近づき、少女の背中に声をかけた。

「あのー、すみませーん。お話をおうかがいしても、よろしいですかー？」

やはり返事はなく、少女は黙々と資料のページをめくっては、時折、小さい紙に数字を書き込んで資料に挟み込む。その目は常に資料に向けられており、ブリジット達の方を振り向く様子は無い。

エリオットとニールが途方に暮れていると、ブリジットは二人を押しのけて少女に近づいた。

そして手にした扇子を振り上げ、少女の頬に思いきり振り下ろす。

バシン！　と派手な音が響き、少女の動きが一瞬止まった。

エリオットとニールが同時にひぃっと息をのみ、恐ろしいものを見るような目でブリジットを見る。

そんな中、ブリジットは振り下ろした扇子を広げ、冷ややかな声で少女に告げた。

「目は覚めて？」

「……………」

少女はほんの数秒手を止めていたが、やがて何事も無かったかのようにページをめくりだした。

＊　＊　＊

——いたい。

数字の世界に没頭していたモニカは、突如、頬に強い痛みを覚えた。

――いたいは、こわい。こわいは、つらい。

痛いことや怖いことがあった時ほど、モニカの思考は数字の世界に沈んでいく。

だって、そうして数字のことを考えている間は、ツライと感じなくて良いのだ。

美しい数字の世界はモニカを傷つけたりはしない。

酷《ひど》いことを言ったり、痛いことをしたりはしない。

故に頬に痛みを感じたモニカは、現実から目を逸《そ》らすように、再び数字の世界に没頭する。

＊　＊　＊

（やっべぇぇぇぇ、モニカのやつ、完全に暴走してやがる！）

校舎の探検をしていた黒猫のネロは、生徒会室の窓の外からこの光景を見ていた。

モニカが扇子で頬を叩《たた》かれるところも、全《すべ》てだ。

（ダメだダメだ！　引っ叩《ぱた》くのは逆効果なんだよ！　今のモニカは恐怖を与えると、ますます数字の世界に没頭しちまう！）

ネロはこの状態のモニカを正気に戻す方法を知っている。

ずばり、肉球だ。

肉球で頬をプニプニしてやると、モニカは正気に戻る。そのためにも、なんとかモニカに近づきたいのだが、窓は鍵《かぎ》がかけられていて中に入れない。

ネロは窓を引っかきながら、ニャウニャウ鳴いた。

一番小柄な少年が真っ先にネロに気づいて「あ、猫」と声をあげる。他の二人もつられて窓に視線を向けた。

(よし、ここだ！)

ネロは窓枠にちょこんと座ると、渾身《こんしん》の可愛《かわい》いポーズをして「にゃぁん」と鳴いてみせた。

(どうだ！　オレ様必殺！　渾身のセクシーポーズ！　これで、小娘どもはみんなオレ様にメロメロよ！)

このポーズをすれば、大抵の人間はネロにメロメロになって中に入れてくれる。

ついでに毛繕いをしたり、ご飯をくれたりしてもいいんだぜ！　とネロが得意げに鼻を鳴らしていると、扇子を持った令嬢はピシャリと言った。

「あたくしは、媚《こ》びるしか能がない生き物は嫌いです」

(にゃ、にゃ……にゃにお――う！)

ネロは激怒した。こんなことが許されるのだろうか。否、断じて許されて良いはずがない。だってオレ様こんなに可愛いのに！

(だぁぁぁれが、媚びるしか能がない生き物だ、人間の小娘風情がぁぁぁ！　オレ様の本気を見せてやろうかぁぁぁぁっ！)

ふぎゃーふぎぃー、とネロが鳴いて地団駄を踏んでも、モニカはネロに気づかない。

やはり、モニカを正気に戻すには肉球で頬をプニプニするしかないのだ。

(いーいーかーらーあーけーろーよー！　肉球でプニプニさせろー！)

ネロがガリガリと乱暴に窓を引っかいていると、更に二人の人間が資料室にやってきた。

モニカの護衛対象である生徒会長の第二王子と、その側近らしき銀髪の青年だ。

キラキラした金髪の第二王子が、資料室を見回して口を開く。

「やぁ、何の騒ぎだい？」

＊＊＊

フェリクスが資料室に入って真っ先にしたことは、鍵束の確認だ。

（……最初の位置から動いていない）

自然な態度で他の棚に目をやるが、荒らされた様子は無い。中身が丸ごと抜き取られているのは、会計記録の棚だけだ。

資料室の中に忍び込んでモニカ・ノートンの挙動を見張っていたトカゲのウィルディアヌが、フェリクスの服を這《は》い上がる。

やがてフェリクスの肩に到着したウィルディアヌは、他の役員には聞こえぬよう小声で囁《ささや》いた。

（彼女は昼休みから放課後までの数時間、ずっと記録の見直しだけをしていました）

（……ふぅん？）

フェリクスは足元に並んだ資料を一つ手に取り、中身をパラパラと確認した。

今から二四年前の会計記録は、修正箇所に正しい数字を記した紙が挟んである。他の資料も同様だ。

フェリクスが資料を確認していると、副会長のシリルが怪訝そうにモニカを見た。

「彼女は先程の階段の……？　こんなところで、何を……」

「階段？　シリル、君はノートン嬢のことを知っているのかい？」

フェリクスが訊《たず》ねると、シリルは歯切れ悪く「ええ、まぁ」と曖昧《あいまい》に頷《うなず》いた。

そんなやりとりにもモニカは一切反応せず、黙々と手を動かし続けている。

ふとフェリクスは気がついた。モニカの右頬が腫《は》れている。

「……これは、どうしたんだい？」

「あたくしの方から、無礼者に躾《しつけ》を少々」

フェリクスの疑問の声にブリジットがすまし顔で答え、広げた扇子で口元を覆う。

なるほど、モニカの態度は彼女の怒りに触れたらしい。

フェリクスは手袋をした指先で、モニカの頬をするりと撫《な》でた。やはりモニカは瞬《まばた》き一つしない。

「彼女には、私の方から会計記録の見直しをお願いしたんだ」

生徒会のメンバーにそう説明し、フェリクスは訂正の紙が挟まれているページの数字を暗算した。

なるほど、モニカの指摘通り不備がある。

（……しかし、過去の記録全部の見直しをするなんて）

流石《さすが》のフェリクスもこれには驚いた……こんなにも、なにかに驚くのはいつ以来だろう。

ちょっとした感動を覚えつつ、フェリクスはモニカの肩をそっと叩く。

「ノートン嬢、ご苦労様。そろそろ休憩してくれてかまわないよ」

モニカは返事をしない。

「ノートン嬢」

フェリクスがモニカの肩を少し強めに揺すると、モニカは右腕を持ち上げ、あろうことかフェリクスの腕を煩わしげに払った。

生徒会メンバーがざわつく。特にフェリクスに忠誠を誓っているシリルは、こめかみに青筋を浮かべて激昂《げきこう》し、氷の魔力を撒《ま》き散《ち》らし始めた。

シリルは基本的に女子生徒には礼儀正しい青年だが、フェリクスに害をなした場合はその限りではない。

「貴っ様ぁぁぁ！　殿下になんという無礼な態度を！　万死に値するっ！」

怒鳴りながらシリルが詠唱を始めたので、フェリクスは片手を持ち上げてシリルを制した。

今のモニカは計算をすることだけに意識の全てを使っている。あんなにもビクビクしながらフェリクスの顔色をうかがっていた少女が、今はこちらに見向きもしない。

小さな好奇心が、フェリクスの胸を擽《くすぐ》る。

フェリクスは唇に淡い笑みを浮かべると、モニカの頬に指を添え、赤く腫れた頬に口づけを一つ落とした。

生徒会の面々が絶句する中、モニカの動きがピタリと止まる。ただし、視線は資料に向けたまま。

「……ネロ、待ってて……もうちょっとで終わるから……」

「ネロって？」

フェリクスが小首を傾《かし》げて問えば、モニカの薄い肩がビクリと跳ね上がり、手の中から羽根ペンがポロリと落ちた。

やがてその全身がガタガタと震えだし、小さい頭がゆっくりとフェリクスの方を向く。

「でででででで、でんっ、でんっ、ででんっ……」

「うん、小気味良いね」

珍妙な声を発するモニカにフェリクスがニコリと笑いかけると、モニカは椅子から転げ落ち、そのまま床に平伏《ひれふ》した。

「たっ、たたっ、大変っ、失礼しましっ……ひゃふぅ⁉」

どうやら最後は舌を噛《か》んだらしい。

モニカは口元を押さえて「いひゃいよぅ」とメソメソ泣きだした。

なんとも愉快で不思議な生き物を見ているような気持ちで、フェリクスはモニカの頭をそっと撫でる。

「顔を上げて？　君は私のお願いを一生懸命叶《かな》えてくれたのだろう？　何も咎《とが》められることなんてない」

「ひぃん……ひゃ、ひゃい……」

モニカが洟《はな》を啜《すす》りながら頷くと、エリオットが「なぁ、殿下」と口を挟んだ。

「殿下がこの子リスに、記録の見直しを命じたのか？」

「あぁ、過去五年分を頼んだのだけど……まさか、この数時間で過去の記録全《すべ》てを見直すとは思わなかった」

そこでフェリクスは言葉を切り、グズグズと洟を啜っているモニカに笑いかける。

「ノートン嬢、君はこの会計記録を見てどう思った？」

「え、えっと……その……」

「怒らないから、正直に思ったままを言ってごらん」

フェリクスが穏やかな声で促せば、モニカは指をもじもじとこねながら言う。

「……動くお金がびっくりするほど大きいのに、びっくりするほど管理が杜撰《ずさん》で、びっくりしました」

「貴っ様ぁ！」

シリルが激昂して怒鳴り、モニカは「怒らないって、ゆったのにぃ……」と頭を抱えて泣きじゃくる。

フェリクスは口元に薄い笑みを浮かべて、生徒会のメンバーを見回した。

「これが歴代生徒会の現実だ。私ですらアーロン・オブライエンの不正をすぐには見抜けなかった……その反省を生かし、私はここに宣言しよう」

フェリクスは泣きじゃくりながら縮こまっているモニカの手を取り、高らかに告げた。

「高等科二年、モニカ・ノートン嬢を生徒会会計に任命する」

次の瞬間、モニカは白目を剥《む》いて、その場に崩れ落ちる。

窓の外では黒い猫がニャウニャウとうるさく鳴いていた。

＊　＊　＊

「おい、モニカ。起きろ、おい」

ネロの声がした。それと、ふにふにと頬を押す肉球の柔らかな感触も。

薄く目を開けたモニカは、自分が清潔なベッドの上で寝かされていることに気がついた。

ベッドの周囲はカーテンで区切られていて、微《かす》かに消毒液の匂《にお》いがする。

その天井には見覚えがあった。植木鉢事件の後に運び込まれた医務室だ。

ベッドの上でゴロリと寝返りを打つと、ベッドサイドにネロがちょこんと座っているのが見えた。

医務室に動物は厳禁だから、きっとこっそり窓から忍び込んだのだろう。

「……ネロ、聞いて。わたし、すごい夢を見たの。わたしが生徒会会計に任命される夢で……」

「聞いて驚けモニカ。そいつぁ夢じゃなくて現実だ」

そう言ってネロはモニカの襟を前足でチョンチョンとつつく。

モニカの襟には見覚えのない装飾ピンが留められていた。それはフェリクスや他の生徒会役員の襟元にもつけられていた、生徒会役員の証《あかし》だ。

モニカはベッドから上半身を起こすと、自分の襟元を凝視する。

「こっ、ここ、これって……!?」

「あのキラキラ王子がお前の襟につけてたぜ。人間って、こーいうの好きだよなぁ。権力のしょーちょー、ってやつ」

ネロはうんうんと頷き、モニカの太腿《ふともも》を肉球でポムポム叩《たた》いた。

「何はともあれお手柄じゃねぇか。これで生徒会役員として、堂々と王子のそばにいられるぜ」

「そ、それは……そうだけ、ど……」

第二王子を秘密裏に護衛することを考えれば、会計就任は非常に喜ばしいことである……が、モニカのように冴《さ》えない娘が生徒会役員に選ばれるなんて、誰《だれ》だって良く思わないに決まっている。

あの時、モニカはほぼ床に這いつくばっていたから、生徒会役員全員の顔を見てはいない。

だが、床に平伏していてもなお、生徒会役員達の冷たい敵意は痛いぐらいに伝わってきた。

特に副会長のシリル・アシュリーは、今にも攻撃魔術の一つや二つは使ってきそうな雰囲気だったのだ。

「ぜ、絶対、苛《いじ》められる……っ、く、靴に画鋲《がびょう》を入れられて筆記用具を隠されて制服に水をかけられて……やだぁ、もう教室に行きたくないぃぃぃ……」

「おっ、そのシチュエーション、小説で見たことあるぜ！　マジでやる奴《やつ》いるのか？」

「なんでちょっと楽しそうなのぉ⁉」

モニカが悲痛な声で叫んだその時、ネロがピクンと耳を立てた。

「おいモニカ、誰か来るぜ」

そう言ってネロは素早くベッドの下に隠れる。

誰かって誰だろう？　医務室の職員だろうか？

モニカがそんなことを考えていると、ベッドを囲っていたカーテンがめくれた。

カーテンをめくったのは医務室の職員ではない。フェリクスだ。

モニカは反射的に布団を頭から被《かぶ》った。失礼なのは百も承知だが、それでも体が勝手に動いてしまったのだから仕方ない。防衛本能というやつである。

フェリクスは不快そうな顔をするでもなく、寧《むし》ろ面白がるように笑った。

「おや、起きていたのかい？　声もかけずに失礼。まだ寝ていると思ったのでね」

「い、いえ、め、めそめそめそめそ……」

「メソメソ？」

「滅相も、ありっ、ませ……ん」

モニカが死にそうな顔で言葉を絞り出せば、フェリクスは「そう」と楽しそうに笑って、あろうことかモニカのベッドに腰を下ろし、足を組んだ。

モニカは少しでもフェリクスと距離を開けたくて、布団に包《くる》まったままベッドの端ギリギリまで移動し……バランスを崩して、ベッドからコロリと転がり落ちる。

「きゃんっ！」

幸い布団に包まっていたので怪我《けが》はせずに済んだが、それにしても今日は階段からも転げ落ちているし、つくづくよく落っこちる日である。

床の上でクスンと洟を啜っていると、ベッドの下に隠れているネロが「何やってんだ」と言いたげにモニカを見た。

もういっそ自分もベッドの下に潜り込んでしまおうかと布団に包まりながら考えていると、フェリクスがモニカに話しかける。

「子リスさん、そんなに布団に包まって……今から冬ごもりの支度かい？」

「は、はいっ、そそそうです、あの、今日は、すごく、寒くて、ですね……」

なお、今は夏から秋に季節が変わり、非常に過ごしやすい時期である。

それでもモニカは布団を握りしめて、寒いから布団を被っているのだと必死で主張した。

するとフェリクスは布団を握るモニカの手を、自分の手で包み込む。

「そう、可哀想《かわいそう》に。それなら温めてあげないと」

モニカは素早く布団を手放して立ち上がり、バックステップでフェリクスと距離を取った……が、慣れないバックステップに足をもつれさせて「ふぎゃん！」と床を転がる。

またしてもベッド下のネロと目が合った。泣きたい。

それでも、いつまでも床に這《は》いつくばっているわけにもいかないので、モニカはのろのろと起き上がり、ベッドの陰に隠れながらフェリクスを見上げる。

「あ、あの、殿下……」

「生徒会長でもフェリクスでも、好きに呼んでくれて構わないよ。君も今日から同じ生徒会の仲間なのだから」

フェリクスの言葉がモニカに現実を突きつける。

モニカは襟元の飾りピンを指でつまむと、震えながらフェリクスに告げた。

「わ、わたしに、会計のお役目は、荷が重い、です」

「私の采配《さいはい》に不満が？」

声にほんの少しの冷ややかさが混じるだけで、威圧感がグッと強くなる。

モニカが千切れそうな勢いで首を横に振れば、フェリクスは「ならば、何の問題もないね」と微《ほほ》笑《え》み、モニカの手を取った。

そしてモニカの手のひらを上向かせると、そこに何かを載せる。それは木の実をたっぷりと使った焼き菓子だ。

「今日のご褒美だ。よく頑張ったね」

「お、恐れいりま……むぐっ」

恐縮するモニカの口に、フェリクスは菓子を放り込む。

そういえば昼食もまだだったことを思い出したモニカは、むぐむぐと無言で菓子を咀嚼《そしゃく》した。

少し硬めのクッキーに蜜《みつ》で固めた木の実が載せられていて、初めて食べる味だった。これがまた、とにかく美味《おい》しい。

一度食べ始めると食事に集中してしまう性分のモニカは、会計の辞退を申し出ようとしたことすら忘れて、夢中で菓子をサクサクモグモグと味わった。

「美味しい？」

楽しげなフェリクスの問いに、モニカは菓子を頬張《ほおば》りながらコクコクと頷《うなず》く。

フェリクスはそんなモニカに追加の菓子を握らせると、静かに立ち上がった。

「頑張ったら、もっとご褒美をあげるよ」

また明日、とモニカに手を振り、フェリクスは医務室を出て行く。

後に残されたモニカは口の中の菓子を飲み込んでから、ようやく我に返った。

「あああああ、会計のお役目、断り損ねたようぅぅぅ、どうしようネロぉぉぉぉぉ」

「お前……菓子握りしめながら言っても、何も説得力ねぇぞ？」

モニカはグスンと洟を啜ると、菓子をポケットにしまう。

（あ、そうだ……）

モニカは腫《は》れている頬に手を添えると、真剣な顔でネロを見た。

「ネロ、聞いて。わたし、殿下の重大な秘密を知ってしまったの」

「なんだ？　あの王子の弱みか？」

尻尾《しっぽ》を左右にフリフリして目を輝かせるネロに、モニカは神妙な顔でコクリと頷き、告げる。

「殿下には…………………肉球があるの」

「ねぇよ」

ネロはキッパリと言った。

「で、でも、さっき資料室で、ほっぺに肉球がふにってなって、振り返ったら殿下がいて……」

モニカが頬を撫《な》でながら主張すれば、ネロはいつになく真面目くさった態度で告げた。

「忘れろ、モニカ。いいか、あの時のことは忘れるんだ」

「え？　う、うん？」

＊　＊　＊

フェリクスが寮の自室に戻ると、制服のポケットからスルスルと白トカゲのウィルディアヌが這い出てきた。

ウィルディアヌが床に着地すると同時にその姿は淡い霧に包まれ、鱗《うろこ》によく似た髪色の青年へと変化する。

顔立ちはそれなりに整ってはいるが、どこか影が薄く覇気のない青年だ。

身につけているのは仕立ての良い侍従服。人間にはあらざる水色がかった白髪《しらが》をオールバックにまとめている。

人に化けた精霊のウィルディアヌは恭しく一礼すると、フェリクスの上着を脱がせた。そして上着をハンガーにかけつつ、控えめに口を開く。

「……よろしかったのですか、マスター？」

ウィルディアヌが何を言いたいのかは言わずもがな……モニカ・ノートンを会計に任命したことだろう。

フェリクスはソファに腰掛けて、軽く肩をすくめた。

「私がわざと落とした資料室の鍵《かぎ》に、彼女は手をつけなかった。君もその様子を見ていたのだろう？　ならば、彼女を咎《とが》める理由が思いつかないな」

モニカが気絶した後、資料室の資料を一通り確認したが、モニカの指摘はどれも正確だった。七四年分の記録全《すべ》てを、モニカはたった数時間で全て見直したのだ。彼女の計算能力は、会計として申し分ない。

「無論、私は彼女が一般人だとは思っていないよ。きっと、なんらかの事情があって私に接触したのだろう」

現時点では、モニカ・ノートンがどの勢力に属し、どういう目的を持ってフェリクスに近づいたかまでは分からない。

だが、彼女には何かあるとフェリクスは確信していた。

ソファにもたれるフェリクスは、少しだけ首を傾けてウィルディアヌを見上げる。

「彼女が一般人ではないと分かっていて、何故《なぜ》、会計にしたのかって言いたげだね？」

「……はい。そもそもマスターは、元会計アーロン・オブライエンの不正にも、最初から気づいていたのでしょう？」

　それでも一回二回の不正では厳罰に処せないから、一年間泳がせていたのだ。確実にアーロン・オブライエンを学園から追放するために。

「そこまでして、ようやくアーロン・オブライエンを退学に追いやったのに……何故、後任に彼女を？」

　侍従の問いに、フェリクスはすぐには答えず、ローテーブルに出しっ放しにしていたチェスボードに手を伸ばす。そして盤上から白のポーンをつまみ上げて、手の中で転がした。

「これはゲームだよ、ウィル」

「……ゲーム、ですか？」

「そう。いかに臆病《おくびょう》な子リスを飼い慣らして、企《たくら》みを白状させるか……そういうゲームだ」

　フェリクスはポーンの駒《こま》をコトリと盤に置くと、楽しそうに目を細めた。

「君も見ていただろう？　彼女は私に、全っ然興味が無いんだ。それこそ、私より『サムおじさんの豚』の方が、よっぽど素敵に感じるらしい」

「そ、それは……」

　資料を一心不乱に見ているモニカは、フェリクスなんてこれっぽっちも目に入っていなかった。

　挙句、医務室で距離を詰めたら、真っ青になってベッドから転がり落ちる始末。

　あれは照れ隠しなんかではない。本気で怯《おび》えていた。

「ですが、次期国王選びが近いこの時期に、あまりお戯《たわむ》れは……」

「ウィルディアヌ」

背筋を伸ばすウィルディアヌに、フェリクスは歌うような口調で言う。

「僕の人生は、次期国王が決まるまでの余生だ。ならば……少しぐらい楽しませておくれ？」

フェリクスはほんの少しだけ眉《まゆ》を下げ、口元に儚《はかな》い笑みを浮かべていた。

フェリクスの願いを知るウィルディアヌは丁寧に腰を折り、頭を下げる。

「……我が主《あるじ》の、仰せのままに」

フェリクスは満足げに頷き、白のクイーンを盤の端へ動かした。

「あぁそれにしても、昨晩こっそり夜遊びをしたのは失敗だったな。まさかノートン嬢に見られていたなんて……囮捜査《おとりそうさ》ということで誤魔化《ごまか》しておいたけど」

昨晩、フェリクスが外をうろついていたのは、暗殺未遂事件の犯人を誘《おび》き出すためではない。

寮を抜け出して、外出をするためだ。それこそ、エリオットにも秘密で。

「あの子リスは案外目敏《めざと》い……夜遊びは、しばらくお預けになりそうだ」

「そのまま夜遊びはお控えください」

「そうだね、退屈しのぎに子リスを飼い慣らす方法でも考えよう」

フェリクスはクスクス笑って白のポーンを指で弾《はじ》く。ポーンはコロリと盤上から転げ落ちた。

まるで、ベッドから転げ落ちたモニカのように。

八章　睫毛《まつげ》の力学

「あぁ、まったく……殿下は何をお考えになっているのだ」

ブツブツと呟《つぶや》きながら、生徒会副会長シリル・アシュリーは資料室の資料を見直していた。

資料の見直しは、別にフェリクスに命じられたわけではない。既に他の生徒会役員達も寮に戻っている。

シリルが自主的に残って資料の見直しをしているのは、モニカ・ノートンのことが信用できなかったからだ。

フェリクスはモニカが過去の資料を全て見直したと言っていたが、昼休みから放課後までの数時間で全ての見直しなどできるはずがない。

きっと何かの間違いだと、シリルは血眼《ちまなこ》でモニカの粗探しをしていた。

ところが見直せば見直すほど思い知らされる。

モニカの見直しは完璧《かんぺき》だ。シリルでも見落とすような細かい数字のミスも、正確に指摘している。

ここまでくると、モニカの計算能力の高さを認めざるをえない。認めざるをえないのだが……。

「……気に入らん」

第二王子であるフェリクスが話しかけても無視をして、資料と向き合っていたあの態度！　王族に対してなんたる不敬！

その時の光景を思い出して苛々《いらいら》していたシリルは、資料を片付けようとしてふと気がついた。

(……この数字の、癖は)

モニカが指摘したことで判明した不備の数々。

それが、とある年度を境に増えている気がする。

その書き足された部分の筆跡に、シリルは心当たりがあった。

左利きの人間特有の、右下がりの数字。

(……もしや、だが、いや、まさか……)

シリルは何回も資料を見直し、やがて無言で立ち上がった。

そして疑念を払拭《ふっしょく》するべく、くだんの資料を手に生徒会室を出て、…………へ、向かい…………。


「……?」


生徒会室の扉の前で、シリルは我に返った。

さて、自分は何をしていたのだったか。

(そうだ。戸締りをして、ソーンリー教諭に生徒会室の鍵を返しに行かなくては)

生徒会室の鍵はシリルの手の中にあった。己の手のひらの中にある鍵を見下ろしたシリルは、妙な違和感を覚える。

自分が手にしていたのは鍵ではなく、何かの資料ではなかっただろうか？ そうだ、自分はその資料の何かが気になって、それで……。

「……っ」

不意に頭がズキリと痛み、シリルはこめかみを押さえて扉にもたれる。

きっと自分は疲れているのだ。だから、少しボンヤリしてしまったに違いない。

（……今日は、早めに休むか）

シリルは鈍く痛む頭を押さえながら、職員室に向かって歩きだした。

＊＊＊

「貴女《あなた》みたいな我が家の恥晒《はじさら》しが生徒会役員だなんて、どういうことですの⁉　さぁ、正直に白状なさい！　一体、どうやって殿下に取り入ったのかを！」

部屋中どころか廊下にまで響くほどの声で、ケルベック伯爵令嬢イザベル・ノートンは叫び、ティーカップを床に叩《たた》きつけた。

カシャーンと陶器の割れる音に、モニカはヒィッと息をのむ。

更にイザベルはベッドサイドに飾ってあったぬいぐるみを持ち上げると、それを大きく振り上げて壁に叩きつけた。

ボスッ、ボスッと程良くくぐもった殴打音がする。

「まぁなんなの、その反抗的な目は⁉　自分の立場が分かっていないようね？　ならば、その身に思い知らせてあげるわ！」

そう言ってイザベルはぬいぐるみを力一杯壁に叩きつけると、爽《さわ》やかな顔で額の汗を拭《ぬぐ》った。

その顔は一仕事終えた職人のような達成感に満ちている。

「悪役令嬢的には、こんなところかしら？」

「え、えぇっと……」

モニカが返答に困っていると、割れたティーカップを片付けていたイザベル付きの侍女アガサが、笑顔で頷《うなず》いた。

「流石《さすが》イザベルお嬢様、見事な悪役令嬢ぶりです！」

「でしょう？　でしょう？　特に『その身に思い知らせてあげるわ』の部分は、最新刊の引用でね」

「きゃー！　見ました見ました！　伯爵令嬢がヒロインの顔に傷をつけようとフォークを振り上げたところを、プリンスが助けに来てくださるんですよね！」

「そうなのー！　そのシーンがもう本当に本当に素敵で！」

キャアキャアと盛り上がるイザベルとその侍女についていけないモニカは、自分用にと用意された紅茶をちびちび飲みつつ口を挟む。

「あ、あの……ティーカップを割るのは、流石にやりすぎ……では……」

木っ端微塵《みじん》になったティーカップにモニカがちらりと目をやれば、イザベルは得意げに胸を張った。

「問題ありませんわ、元々ひびが入っていた物ですから！　このために欠けた食器をストックさせてますの！」

「そ、そうですか……」

「ちなみに叩きつける時は音がよく響くように、絨毯《じゅうたん》の上ではなく硬い床に叩きつけるのがポイントですわ！」

無駄に芸が細かいイザベルに、アガサが「流石お嬢様！　演出を分かっていらっしゃる！」と満面の笑みで手を叩いた。


生徒会会計に就任が決まったモニカは、その日の夜、任務の協力者であるイザベルの部屋を訪ねて、自分が会計に選ばれたことを報告した。協力者とは一応情報共有をしておいた方が良いだろう、と思ったのだ。

すると、イザベルはまるで自分のことのように飛び上がって喜び、お祝いのお茶会をしましょう！　とモニカを誘ってくれた。

裕福なイザベルは個室を使っているだけでなく、侍女も三人連れてきている。その侍女の中でもアガサは一番の若手で、イザベルとは読書仲間であるらしかった。イザベルの「悪役令嬢ごっこ」にも、嬉々《きき》として協力している。

（じ、自分のお嬢様が悪役扱いされているのに、良いのかなぁ……）

実に楽しそうなイザベルとアガサに、モニカは密《ひそ》かに頭を抱えていた。

この部屋の近くを通った人間は、モニカがイザベルの部屋で折檻《せっかん》されていると誤解していることだろう。

だが、これではイザベルの評判が落ちてしまうのではないだろうか？

モニカの心配をよそに、イザベルはぬいぐるみを元の位置に戻すと、実に優雅な姿勢で椅子に座り直した。

「では、改めて……モニカお姉様。生徒会会計就任、おめでとうございます。入学して僅《わず》か二日で生徒会役員に選ばれるなんて、……やっぱり、やっぱりお姉様は特別なのですわぁ～！」

イザベルが頬に手を当ててキャアキャアはしゃぐと、アガサが廊下に目配せをして、唇に指を当てた。

「お嬢様、しーっ、ですよ。大きい声を出すと廊下に聞こえてしまいます」

「はっ、そうでしたわ。では、小声で失礼……お姉様、本当におめでとうございます。わたくし、自分のことのように嬉《うれ》しいですわ」

モニカは意味もなくカップを弄《いじ》りながら、か細い声で「ありがとうございます……」と礼を言う。

イザベルは優雅にカップを傾けて紅茶を飲むと、ニコリと品良く微笑《ほほえ》んだ。

その仕草や微笑み方は、先程までぬいぐるみを振り回していた人物と同一人物とは思えない。

「お姉様、学園生活で困ったことがあったら、何でも仰《おっしゃ》ってくださいましね。わたくし……表向きは悪役令嬢として華麗にお姉様の妨害をしつつ、陰からサポートいたしますから」

妨害しつつサポートをするとは、どういうことだろう……と内心疑問に思いつつ、モニカは曖昧《あいまい》に頷いた。

イザベルの反応も頭が痛いが、それ以上に深刻なのはクラスメイトである。

自分なんかが生徒会役員になったと知られたら、どんな目に遭わされるか。

寒くもないのにカタカタと震えながら紅茶を啜《すす》っていると、イザベルがモニカの髪に目を留めた。

「そういえば、お姉様。その髪型……以前、お見かけした時とは違いますのね」

「えっと、これは……同じクラスの子が、やって、くれて……」

「とても可愛《かわい》らしいですわ、お似合いです！　……アガサ、わたくしもお揃《そろ》いの髪型にしてちょうだい！」

イザベルのおねだりに、アガサはニッコリ笑って「駄目ですよ」とイザベルを窘《たしな》めた。

「お嬢様、悪役令嬢は苛《いじ》めている令嬢と、仲良くお揃いの髪型にしたりはしませんよ」

「うぅっ……じゃあじゃあ、誰《だれ》も見ていない休日にこっそり！」

「はい、その時はこのアガサが腕によりをかけて、お二人の髪をお揃いの可愛い髪型にして差し上げますよ」

アガサの言葉に、イザベルが「約束よ！」とはしゃいだ声をあげた。

そんな二人のやりとりを眺めながら、モニカはラナのことを考える。

イザベルはモニカの生徒会役員就任を喜んでくれるけれど、それはイザベルがモニカの協力者だからだ。

大抵の人間は、モニカが生徒会役員になることを分不相応だと不快に思うことだろう。

モニカの髪を編んでくれたラナも、モニカが生徒会役員になったと知ったら、調子に乗っている……とモニカのことを嫌いになるのだろうか。

（……やだな）

生徒会役員になれたのは、任務を遂行する上では喜ばしいことだ。

そう自分に言い聞かせても、ラナが自分を冷たい目で睨《にら》む姿を想像したら、モニカは生徒会役員になれたことなんて、これっぽっちも喜べなかった。

セレンディア学園1年
イザベル・ノートン

＊＊＊

モニカが生徒会会計に任命された騒動の翌日、モニカは部屋を出た瞬間から、案の定寮でも通学路でも教室でも好奇の視線に晒された。

どうやらモニカが新生徒会役員になった件は、既に周知されているらしい。

自分の席に座ったモニカは、意味もなく筆記用具を並べ直しながら、昨日《きのう》の出来事を思い返す。

昨日はまさに、モニカにとって怒涛《どとう》の一日だった。

エリオットに呼び出されて植木鉢落下事件の犯人探しを命じられ、その最中に階段から転げ落ちたり、音楽室で美しい令嬢と出会ったり。

そして無事に植木鉢落下事件の犯人を見つけ出し、ルンルンしながら会計記録の見直しをしていたら、どういうわけか生徒会会計に任命されてしまったり。

フェリクスの護衛をしている身としては、会計になれたのは僥倖《ぎようこう》だ。だが、目立つのを嫌うモニカはどうしても素直に喜べない。

昨日までの田舎者に向けられていた侮蔑《ぶべつ》の目が、今は嫉妬《しつと》混じりの悪意に変わっているのが嫌でも分かる。

肌にチクチクと刺さるような悪意と敵意。苛立《いらだ》ちと嘲笑《ちようしよう》に彩られたヒソヒソ声。

（帰りたい……）

自分の席で半分ベソをかきながら、そんなことを考えていると、突然背後から肩を叩かれた。

モニカはビクゥッと竦《すく》み、全身をガタガタと震わせる。

振り向くのが怖い。きっと呼び出しだ。校舎裏に呼び出されて水をかけられるんだ……と、泣きそうになっていると、モニカの三つ編みがグイと引っ張られた。

「ねぇ、ちょっと。今日もその髪型なわけ？」

ムスッとした顔でモニカを睨んでいるのはラナだ。今日もきっちり化粧をして、凝った髪型に華やかな髪飾りを挿している。

一方モニカはと言えば、今朝《けさ》は学校に行くのが憂鬱《ゆううつ》で仕方なくて、新しい髪型の練習をする心の余裕なんてこれっぽっちも無かったのだ。

そういう時ほど身嗜《みだしな》みが適当になるもので、三つ編みはいつもよりボサボサになっている。

ラナが不機嫌そうに眉《まゆ》をひそめたのを見て、モニカは咄嗟《とっさ》に謝った。

「ご、ごめんなさい、ちゃんと……練習できなくて……その……」

「それって、貴女が昨日、生徒会に連れて行かれたことと関係ある？」

「…………」

「貴女が生徒会役員になったって噂《うわさ》を耳にしたんだけど、冗談よね？」

生徒会役員であることを示す役員章は、今は外してポケットに入れている。

モニカが無意識に服の上からポケットを押さえていると、ラナは不貞腐《ふてくさ》れたように唇を尖《とが》らせた。

「なによ、わたしとは口も利きたくないわけ？」

「ち、ちが……違うの……その…………わ、わたし……」

モニカが俯《うつむ》いて口をモゴモゴさせていると、ラナはじぃっとモニカを見る。

きっと自分のせいで不快にさせてしまったのだ。

モニカが密かに落ち込んでいると、ラナはボソリと呟《つぶや》いた。

「…………っ、昨日は、その……」

「えっ？」

「別にわたしが突き飛ばしたわけじゃないけど、カロラインを挑発したのはわたしだし……だから、その……っ、怪我《けが》は、してないの？」

そういえば、とモニカは思い出す。昨日はカロラインとラナの口論に巻き込まれ、モニカは階段から転落しているのだ。

正直、植木鉢事件の犯人探しやら、会計記録の見直しやらで、すっかり忘れていたのだが、ラナはずっと気にしていたらしい。

「……ありがとう、ございます。えっと、怪我、してないです。元気、です」

ラナはフンと鼻を鳴らした。その頬は少しだけ赤い。

それを誤魔化《ごまか》すように、ラナは亜麻色の髪をかき上げて、櫛《くし》を取り出した。

「仕方ないから、今日もわたしが髪を編んであげるわよ」

「……えへ」

「なにヘラヘラ笑ってるのよ！　ちゃんと覚えなさいよ⁉」

「……うん、はい」

なんだか妙に幸せな気持ちでモニカが頷いたその時。

「へぇ、昨日の髪型はお友達にやってもらってたんだ？」

柔らかで甘いその声は、昨日嫌になるぐらい聞いた声だ。

ラナがギョッとした顔をしている。ラナだけじゃない、教室にいる誰もがその人物に注目している。

モニカが死にそうな顔で振り向けば、こちらを見てニッコリ微笑《ほほえ》むフェリクスと目が合った。

朝日を透かしてキラキラと輝く柔らかな金髪に、神秘的な碧《あお》い目。端整な顔立ちに、女子生徒達はキャアキャアと黄色い声をあげている。

少し弁《わきま》えた者は声をあげたりはしなかったけれど、それでもうっとりと熱っぽい眼差《まなざ》しをフェリクスに向けていた。ラナも驚きつつ、フェリクスの美貌《びぼう》に見惚《みと》れている。

「やぁ、おはよう」

「おっ、おは……よ……ごひゃい、まふっ」

「朝から突然押しかけてすまないね。君に生徒会役員のスケジュールを渡しておこうと思って」

フェリクスの言葉に周囲がざわつく。ラナですら目を見開いてモニカを凝視していた。

（……今すぐこの場から消えてしまいたい）

死人のような顔色のモニカにフェリクスはスケジュールを書いた紙を手渡すと、モニカの襟元を指でなぞる。

「おや、役員章は？　つけていないの？」

「あ、え、えっと……」

モニカが首を横に向けて誤魔化そうとすると、フェリクスはモニカの顎《あご》を掴《つか》んで、無理やり正面を向かせた。

「出してごらん？」

モニカが怯《おび》えながら役員章を取り出せば、フェリクスはそれをつまみ、自らの手でモニカの襟に留めた。

「勝手に外してはいけないよ？　君は栄えある生徒会役員の一員なのだから。それに相応《ふさわ》しい姿でいないと」

あぁ、生徒会役員なんてやりたくない。やりたくないけれど、護衛任務のためにはやるしかない。

だがそれにしても、周囲の視線が痛い。

なんと言ってもフェリクスとの距離が近い。近すぎる。

（……怖いよぅ）

現実逃避に、モニカはフェリクスの睫毛《まつげ》の本数を数え始めた。

一本、二本、三本、四本……髪より少し濃い色の睫毛は驚くほど長い。マッチ棒が何本載るだろうか。二本……否、もしかしたら三本ぐらい載るかもしれない。

モニカは睫毛の本数を数える作業と並行して、マッチ棒を支えるのに必要な睫毛の本数を考える。

睫毛一本あたりの強度、生え方の密度、それと睫毛の角度も重要だ。

そんなことを考えて現実逃避していると、目の前で長い睫毛が持ち上がり、碧い目が悪戯《いたずら》っぽくきらめいてモニカを映した。

「そんなに見つめてどうしたんだい？」

「……ま、まま、マッチ棒を……」

「うん？」

「マッチ棒を載せるのに最適な睫毛の角度について考えてましたっ」

息をのんで成り行きを見守っていたクラスメイト達が硬直し、ラナにいたっては「ちょっ、おばか……っ」と真っ青になっている。

だが、フェリクスはクスクスと肩を震わせて笑い、モニカの襟元から手を離した。

「髪の毛、お友達に可愛《かわい》くしてもらうといい。昨日《きのう》の髪型、可愛かったよ。リボンもよく似合っていた」

フェリクスはモニカの髪を少しだけ指で撫《な》でて、パチンとウィンクをする。

「じゃあ、また放課後に。生徒会室で」

そう言い残して、フェリクスは教室を立ち去った。

モニカは俯き、ゆっくりと息を吐く。

疲れた。まだ朝なのに、どっと疲れた。もうこのまま部屋に戻ってベッドに潜り込みたい……なんてことを考えていると、ラナが櫛やらへアピンやらを取り出して机に並べる。

その目は爛々《らんらん》と輝いていた。

「あ、あのぅ……？」

モニカがビクビクしながらラナを見上げれば、ラナは鼻息荒く櫛を構える。

「わたしの腕が殿下に認められたのよ……生半可な髪型で送りだすわけにはいかないわ……覚悟しなさい。とびきり都会的で流行最先端の可愛い髪型にしてあげるから」

生徒会役員になったことで、ラナに嫌われなかったことは素直に嬉《うれ》しい。けれど、櫛を手に目をギラギラさせるラナはちょっと怖い。

「昨日の髪型でお願いしますぅぅぅぅ」

モニカが声をあげたその時、担任のヴィクター・ソーンリー教諭が教室に入ってきた。

一瞬、眼鏡《めがね》の奥の目がモニカを睨んだ……ような気がする。

他人の悪意に敏感なモニカがビクリと肩を震わせると、ソーンリー教諭はすぐにモニカから目を逸《そ》らし、神経質そうに教卓をトントンと叩《たた》いた。

「全員席に着きなさい。今日は連絡がある。我がクラスのセルマ・カーシュ嬢が急病のため、故郷に帰ることになった」

ソーンリー教諭の言葉に、教室内がざわつく。

つい最近、セルマの婚約者であるアーロンが同じ理由で退学することになったのは、皆の記憶に新しい。

噂好きそうな少女達は「そういえば、アーロンの件で、酷《ひど》く落ち込んでたわよね」「もしかして自殺未遂、とか？」「やだ、怖い」などと、各々好き勝手な憶測を口にしている。

ソーンリー教諭は咳払《せきばら》いをすると、生徒達をぐるりと見回し、言葉を続けた。

「それにあたって、今日はセルマ・カーシュに代わる、保健委員を選出する」

ソーンリー教諭の話を聞きながら、モニカは密《ひそ》かに思案する。

（……やっぱりクラスメイトには、事情は伏せられてるんだ……でも、だったら、どうして……）

頭をよぎったのは、小さな疑問。

学園の醜聞は闇《やみ》に葬られ、生徒会役員以外の生徒達に伝わることはない。

ならば何故《なぜ》、セルマ・カーシュは、アーロン・オブライエンが不正で断罪されたことを知っていたのだろうか？

錯乱状態で連行されたアーロン・オブライエン。

同じく、錯乱状態でアーロンの無罪を訴えたセルマ・カーシュ。

そんな二人の支離滅裂な言動が、モニカはやけに気になっていた。

＊＊＊

放課後、生徒会室の前まで辿《たど》り着《つ》いたモニカは、改めて自分の格好を確認した。

制服良し、手袋良し、髪もきちんとラナに編み直してもらっている。

モニカはスーハーと深呼吸をすると、ノックをするべく手を持ち上げ……その手を体の横に下ろした。

もうしばらく前から、モニカは延々と同じ動作を繰り返している。深呼吸もこれで一〇回目だ。

生徒会室の扉の前でひたすら深呼吸をしている姿は、不審者以外の何物でもない。

第二王子のそばにいる不審者を排除することがモニカの任務なのだが、悲しきかな現時点で一番の不審者は間違いなくモニカである。

（こ、今度こそ……）

今度こそノックをするぞ……という強い意志のもと、モニカが手を持ち上げたその時。

「あのー、大丈夫ですか？」

背後から声をかけられたモニカは驚きのあまり飛び上がり、額を扉に打ちつけた。痛い。

額を押さえてプルプル震えていると、声をかけた人物が申し訳なさそうに頭を下げる。

「わ、ごめんなさい、突然声かけちゃって。えっと、さっきからずっと扉の前で深呼吸しているから、具合が悪いのかと思って……」

モニカに声をかけたのは、明るい茶髪の少年だった。

やや小柄で幼く見えるが、スカーフの色を見るにモニカと同学年だ。その襟元にはモニカと同じ生徒会役員章がつけられている。

（……この人も、生徒会役員？）

そういえば昨日、資料室に何人かいた気がする。けれど、あの時のモニカは資料に夢中でそれ以外の物が殆《ほとん》ど目に入っていなかったのだ。

モニカがもじもじしていると、少年は貴族らしい上品な礼をした。

「新しく会計になった、モニカ・ノートンさんですよね？　僕、庶務のニール・クレイ・メイウッドです。よろしくお願いします。生徒会役員で二年生は僕達だけなので、仲良くしてくださいね」

そう言ってはにかむように笑うニールは、見るからにお人好《ひとよ》しそうだった。

あぁ良かった、とモニカはこっそり安堵《あんど》の息を吐く。

生徒会役員に嫌われているのではと内心気が気でなかったのだが、こんなに良い人もいるのだ。

これなら、なんとかやっていけるかも……と胸を撫でおろしたその時。

「いつまで扉の前で話しこんでいる！」

背後から怒声が響き、モニカはビクリと肩をすくませた。

振り向けば銀髪の青年、生徒会副会長シリル・アシュリーが腕組みをしてモニカを睨《にら》みつけている。

シリルは細い顎をツンと持ち上げてモニカを睨み、忌々しげに口を開いた。

「モニカ・ノートン。貴様が扉の前で延々と奇行に及んでいたせいで、私が中に入れなかったではないか！」

どうやらシリルは、モニカが扉の前で深呼吸を繰り返していたところを見ていたらしい。

「あのぉ、副会長……もしかしてずっと見てたんですか？」

ボソリと呟くニールを、シリルはギロリと睨みつける。気弱そうなニールはサッと口を手で塞《ふさ》いだ。

シリルはフンと高慢に鼻を鳴らし、再びモニカを睨む。

「貴様がどうやって殿下に取り入ったかは知らんが、私はお前を生徒会役員と認めたわけではないからな」

低く吐き捨ててシリルは生徒会室の扉を開ける。

ニールが「行きましょう」とモニカを促したので、モニカは恐る恐る二人の後に続いた。

生徒会室では既に三人の人物が着席している。

中央の執務机に座るのは生徒会長のフェリクス。

そして離れた会議用テーブルのそばにいるのが垂れ目の青年。書記のエリオット。

同じく会議用テーブルで事務仕事をしているのは、金髪の美しい令嬢。

（あ、あの人……）

一度見たら忘れられない強烈な美貌。音楽室でピアノを弾いていた令嬢だ。

（あの人も、生徒会役員だったんだ……）

美貌の令嬢はモニカの方など見向きもせず、黙々と羽根ペンを動かしている。

声をかけるべきか否かモニカが悩んでいると、フェリクスがおっとりと口を開いた。

「これで全員揃《そろ》ったね」

その言葉に、役員達は自然と会議用テーブルに移動した。それも、最奥と末席を空けるように。

おそらくニールの隣の末席がモニカの席なのだろう。

フェリクスは最奥の席に座ると、モニカに着席を促す。

「さて、昨日《きのう》も話したが、我が生徒会は前任者のオブライエン会計に代わり、モニカ・ノートン嬢を新しく生徒会役員として迎え入れることにした。まずは私から自己紹介を。生徒会長のフェリクス・アーク・リディルだ」

フェリクスが名乗った以上、彼に連なる者達も名乗らなくてはいけない。

副会長のシリルが苦々しげな顔で口を開いた。

「……生徒会副会長シリル・アシュリーだ」

刺々《とげとげ》しいシリルの声からは、モニカに対する敵意をヒシヒシと感じる。

モニカが肩を縮こまらせていると、今度はエリオットが軽く片手を持ち上げた。

「昨日も自己紹介はしたけどな。書記のエリオット・ハワードだ」

一見友好的な気安い態度だが、エリオットの垂れ目はモニカのことを冷静に観察している。

エリオットに続いて口を開いたのは、昨日音楽室で出会った美貌の令嬢。

「書記のブリジット・グレイアム」

淡々と自らの名を名乗るブリジットは、モニカの方を見ようとしなかった。

あっさり自己紹介を終えた彼女は口元を扇子で覆って、それきり口を閉ざしてしまう。

最後にニールが、隣に座るモニカに恥ずかしそうに自己紹介をした。

「庶務のニール・クレイ・メイウッドです……って、さっき自己紹介したんですけどね、あはは」

ニールが空笑いをしても、依然空気は張り詰めたままだった。

そんな空気を和らげるように、フェリクスが言葉を続ける。

「それでは最後に、モニカ・ノートン嬢。自己紹介を」

あぁ、どうして最近はこんなにも苦手な自己紹介をする機会が多いのだろう。できれば今すぐに逃げ出したい。

（ここで逃げたら、ルイスさんに叱《しか》られる、ルイスさんに叱られる、ルイスさん怖い、ルイスさん怖い……）

モニカは頭の中に、同じ七賢人であるルイス・ミラーの姿を思い浮かべた。

『おや同期殿？　貴女《あなた》は自分の名前すらまともに言えないのですか？　はっはっは、まるで死にかけの蝉《せみ》のような鳴き声ですなぁ。はて、私はいつから蝉と同期になったのでしょう？　あまりにも貴女が無能だと、同期の私も無能だと思われるのですよ。さぁ分かったら、さっさと背筋を伸ばして人間になりなさい、この蝉娘』

想像したらちょっと泣きたくなった。

モニカはグスッと洟《はな》を啜《すす》って、か細い声で自己紹介をする。

「……モ、モニカ・ノートン、です……」

言った、言えた。ちょっとだけ噛《か》んだけど、モニカにしてはだいぶましな自己紹介である。

だが、モニカの自己紹介を「無様だこと」の一言で切り捨てた人物がいた。書記のブリジットだ。

ブリジットは琥珀色《こはくいろ》の目でモニカを見据えると、扇子で口元を覆ったまま冷たく吐き捨てる。

「名乗りすらまともにできぬ生徒会役員など、聞いたことがなくってよ」

ビクリと肩を震わせるモニカに、ブリジットは冷たい一瞥《いちべつ》を向け、そのまま視線をフェリクスへ移した。

「殿下。あたくしは、この娘に人前に立つ資格があるとは思えませんわ。生徒会の評価を地に落とす前に、今一度ご再考を」

フェリクスは相変わらず穏やかな笑みのまま——どこか、面白がるように目を細めている。

「私の人選が気に入らない？」

「ええ」

第二王子であるフェリクスに対して、ブリジットは怯《ひる》むでも媚《こ》びるでもなく、キッパリと頷《うなず》く。

「同じことを考えている者は、他にもいるのではなくって？」

これに反応したのは副会長のシリルである。

シリルは椅子から腰を浮かせ、拳《こぶし》を握りしめて力説した。

「殿下、私もグレイアム書記と同意見です。どうかお考え直しください！　殿下に不敬を働いた人間をそばに置くなど……」

強い口調で主張するシリルをエリオットは面白がるように眺め、ニールはオロオロとしている。

そんな中、フェリクスは変わらず穏やかに微笑《ほほえ》んでいた。だが、口元は笑みを浮かべているのに碧《あお》い目はどこか冷たく輝いている。

「ノートン嬢が何らかの不始末をしたのなら、それは任命した私の責任だ。その時は、私は生徒会長を辞任すると約束しよう」

この発言に生徒会役員達はギョッとしていたが、誰《だれ》よりも驚いていたのは間違いなくモニカである。

（まままま待って、待って、待ってぇぇぇぇ……っ！）

正直に言ってヘマをやらかす予感しかしない。やらかす。きっと自分は何かやらかす。だって、モニカは数字を扱うこと以外、平凡以下の駄目人間なのだ。

モニカが震えあがっていると、フェリクスはポンと軽く手を打った。

「さて、この話はここまでで良いね？　じゃあ早速だけど、シリル。ノートン嬢に会計の仕事を教えてあげておくれ」

フェリクスの指示に、シリルは物凄《ものすご》く不満そうな顔で口を開きかけた。だが彼は反論をぐっと飲み込むと、不承不承頷く。

「……仰せのままに」

シリルは顔を上げると同時にモニカを睨みつけた。その目は爛々《らんらん》と輝き、敵意に満ちている。

よりにもよって、この人から仕事を教わるなんて！

モニカはカタカタと震えながら、フェリクスを見上げる。

「あああ、あ、あの、あのぅ……なぜ、副会長に？」

「シリルは副会長になる前は、会計だったからね」

フェリクスはそこで言葉を切ると、面白がるようにモニカの顔を覗《のぞ》き込んだ。

「もしかして、私に教わりたかった？」

「いえ、できれば、年の近い方だと、嬉しいなぁ、って……」

つまりは一番温和で人畜無害そうなニール少年である。

「そう」

フェリクスはニコリと優しく微笑み、言った。

「シリルにしごかれておいで」

「……ひぃん」

＊＊＊

「会計の仕事は月末月初が一番忙しい。必ずすべきことは、ここにリストアップしておくので、漏れの無いようにしろ」

シリル・アシュリーはモニカに対して露骨に攻撃的な態度だが、仕事の説明は丁寧だった。

ただ一つ気になるのは、テーブルの上に大きなグラスが一つ置かれていることである。シリルは説明の合間に短く呪文《じゅもん》を詠唱し、氷の塊を空のグラスに一つ、二つと落としていく。

流石《さすが》に気になったモニカは、説明が一段落したところで、恐る恐る発言した。

「あ、あのぅ……その氷は……何に、使うので……しょうか？」

「貴様が一つミスをするたびに、口にねじ込むための物だ」

「ひぃぃぃ」

シリルは神経質そうに襟元のブローチを指で弄《いじ》りつつ、また一つ氷の塊をコップに落とす。

ふとモニカは気がついた。シリルの周囲から氷の魔力特有の冷気を感じる。だけど、シリルが氷の塊を作っている間は、その冷気が収まっているのだ。

（……もしかして、氷を作っているのは、そのため？）

一通り説明が終わると、シリルは氷で満たされたグラスをクルリと回して、不機嫌そうに鼻を鳴らした。

「ふん、貴様の物覚えが悪いようなら、これを口にねじ込んでやるつもりだったのだが……どうやら、不要だったらしい」

これはシリルの言うところの「及第点」ということだろうか。

「よそ見をしている暇があったら、資料に目を通せ」

「は、はいっ、ごめんなさい……っ」

モニカは慌てて資料に目を通すが、正直仕事内容はそれほど複雑なものではなかった。

そもそもモニカは、この学園に来る前は財務や、出納記録、商品の売り上げの推移、人口統計など、ありとあらゆる数字に関する仕事を担当してきたのだ。それに比べれば会計の仕事など大した量ではない。

モニカは資料を読みつつ、チラチラとシリルを見る。シリルはモニカに仕事を教えるかたわら、過去の会計記録の綴《つづ》りを整理していた。

「あの、それは……わたしが見直した、会計資料です、よね？」

モニカが恐る恐る訊《たず》ねると、シリルはフンと鼻を鳴らす。

「そうだ。今夜、ソーンリー教諭が宿直の片手間に見直してくださるらしいから、まとめているんだ」

「ご、ごめんなさいっ」

咄嗟《とっさ》に謝罪の言葉を口にするモニカに、シリルが怪訝《けげん》そうに眉《まゆ》をひそめた。

「……何を謝る」

「わ、わたしが、過去の分まで、見直したせいで、余計なお仕事、増えたんです、よね」

昨日《きのう》のモニカは、久しぶりに数字に携わる仕事ができることにはしゃぎ、過去の記録全《すべ》てを見直してしまった。そのせいで、シリルやソーンリー教諭の仕事が増えたことを申し訳なく思っていると、シリルはジロリとモニカを睨《にら》む。

「これは余計な仕事じゃない。必要な仕事だ。何故《なぜ》、貴様はそんなにもビクビクオドオドしている」

「うぇっ、え、ぇっと……えっと……」

「貴様は殿下の信頼を勝ち取ったのだぞ？　ならば、胸を張れば良いだろう。それなのに何故、そこまで卑屈になる必要がある」

それは、モニカにとって言われ慣れた言葉だ。

――どうして、そんなに卑屈なの？

――あなたは自分の才能を誇るべきです。

――お前が自分を卑下するのなら、お前にも及ばぬ連中はどうなる？

モニカを知る人間は卑屈なモニカを見て、口々にそう言う。

今目の前にいるシリル・アシュリーのように、理解に苦しむという顔で。

「貴様は殿下に選ばれたのだぞ？　才能を認められたのだぞ？　何故、それを誇らない？」

卑屈になるな。卑下するな。自分に自信を持て。お前には才能がある。

……無詠唱魔術を身につけた時、何度そう言われただろう。

それでも、モニカはどうしても首を縦に振れない。

誇り高い人間を否定するわけじゃない。何かに誇りを持てるのは良いことだ。自分の才能を信じられるのは素晴らしいことだ。できるものなら、モニカだってそうありたい。

それでも、モニカにはできないのだ。

「……ごめんなさい……わたしには、どうしても……自分を誇りに思うことなんて、できません」

モニカはゆるゆると首を横に振り、ポツリと告げる。

「……できないん、です」

かつてミネルヴァに通っていた頃《ころ》、モニカにはたった一人だけ、友人と呼べる少年がいた。

友人は人見知りのモニカになにかと世話を焼いてくれた。人前では上手《うま》く話せないモニカのために詠唱の練習に付き合ってくれた。それがモニカには嬉《うれ》しかった。

……けれど、モニカが無詠唱魔術を覚え、天才と持《も》て囃《はや》されるようになった頃から、友情は壊れだした。

『あなたは僕のことなんて、内心見下していたんでしょう？』

違う、違うの、という言葉は彼には届かなかった。

そしてその友人と和解できぬまま、モニカはミネルヴァを卒業し、七賢人になってしまった。

……今でもモニカの心に、しこりとなっている苦い思い出だ。

モニカが項垂《うなだ》れていると、シリルは眉間《みけん》に皺《しわ》を寄せ、唇を不機嫌そうに曲げた。

「私は『できない』という言葉が嫌いだ」

「……ごめんなさい」

シリルの糾弾に、モニカは俯《うつむ》き謝ることしかできない。

いつだったか誰かが言っていた。才能は時として呪《のろ》いになる、と。

モニカにとって才能は呪いだ。いつだって、モニカの欲しかったものを奪っていく。

――父も、友人も。

「……あぁそれと、これは別件だが」

次は何を言われるのだろうと怯《おび》えるモニカに、シリルはなんでもないことのような口調で言った。

「先日、階段の踊り場から貴様が転落した件についてだ」

「……あっ、それ、は……」

カロラインとラナが口論になり、カロラインがラナを押したせいで、モニカが巻き添えをくらったあの一件は、モニカの不注意による転落ということで片がついたはずだ。

もしかして、自分の不注意を叱《しか》られるのだろうかとモニカがビクビクしていると、シリルは険しい顔で言った。

「あの時、付近にいた生徒達に聞き込みをし、状況は把握した。加害者のカロライン・シモンズには厳重注意の上、反省文の提出を命じてある」

「…………え？」

モニカはシリルに言われたことの意味が分からず、キョトンと目を丸くした。

カロラインは名家の令嬢だ。それゆえ咎《とが》められるはずがないと、カロラインの自信満々の態度が語っていた。

だからモニカはラナが悪役にされるぐらいならと主張を諦《あきら》め、自分の不注意だと申告することでその場を収めようとしたのだ。

「……聞き込み、したん、ですか？」

「事件の状況を、正確かつ客観的に把握するのは当然のことだろう」

シリルは何を当たり前のことをと言わんばかりの態度だった。

「とにかく、ああいう時は事実関係は正確に報告しろ！　貴様が変に誤魔化《ごまか》すから、確認に時間がかかったではないか！　虚偽申告などもってのほかだ！」

モニカは口を開いたまま、ポカンとシリルを見た。

だって、モニカは自分が何を言っても聞き入れてもらえないと思っていたのだ。

だから最初から何も期待せず、諦めて口を閉ざした。

（……こういう人も、いるんだ）

新鮮な驚きを胸にシリルを見上げていると、シリルは細い眉をキリキリと吊《つ》り上《あ》げてモニカを睨む。

「私の話を聞いてるのか、モニカ・ノートン！」

「あ、はい、えっと……あの……」

モニカがもじもじと指をこねながら言《い》い淀《よど》んでいると、誰かがモニカの肩をポンと叩《たた》いた。

「やぁ、順調かい？」

振り向けばそこには、にこやかに微笑《ほほえ》むフェリクスの姿がある。

すぐさまシリルが、ハキハキと答えた。

「通常業務、月末月初の作業については全て説明いたしました。あとは行事に関することぐらいです」

「あぁ、冬休みに入るまでに、チェス大会や学祭があるからね。それも追々、教えてあげておくれ」

「はい」

シリルが頷《うなず》くと、フェリクスは机の上のグラスに目をやり、軽く持ち上げた。氷同士がぶつかって、カラカラと音を立てる。

「……体調が悪いのかい、シリル？」

「いいえ、問題ありません。殿下」

「そう、なら良いけれど……無理はしないように」

今の会話はどういう意味だろう？

（……アシュリー様が氷を作ると、体調が悪い？）

普段から放出されている冷気、わざわざグラスに作り出された氷、神経質に触れているブローチ……実を言うと、モニカには一つだけ心当たりがある。

（もしかして、この人……）

モニカがシリルのブローチを凝視していると、横から伸びてきた指がモニカの頬をつついた。

横目で見れば、フェリクスが楽しそうにモニカの頬をフニフニと押している。

「シリルばかり見てないで、こちらも向いておくれ？」

「す、すすす、すみ、ませっ……」

「貴様ぁっ！　殿下に対してなんだその無礼な態度はぁ！」

「ごっ、ごめ、なさ……」

モニカがベソをかきながら謝れば、シリルは机を拳《こぶし》で殴る。

「ハキハキ喋《しゃべ》らんかぁ！」

「ゴッ、ゴッ、ゴメッ、ナサッ……」

「誰《だれ》がスタッカートを効かせろと言ったぁ‼」

「シリル、あまりこの子を苛《いじ》めないでおくれ？」

怒鳴り散らすシリルをフェリクスが窘《たしな》めると、シリルはキリリとした顔で言う。

「苛めなどではありません、殿下！　これは躾《しつけ》です！」

「躾は飼い主の仕事だろう？　なら、私の仕事だ」

さらりと人権が奪われている気がする。

とりあえずモニカは現実逃避をするために、フェリクスの睫《まつ》毛《げ》の数を数える作業に没頭することにした。

九章　真夜中の来訪者、浮かれポンチについて語る

寮で夕食を食べ終えたモニカは屋根裏部屋に戻ると、寝台に座りこんだ。

「疲れた……でも、着替えなきゃ……」

モニカはノロノロと起き上がると、制服を脱いで皺を伸ばしながらハンガーにかける。そして、私物のフード付きローブに着替えた。

ついでに髪も解いて、楽なおさげ髪にしてしまおうか。

モニカはリボンに手をかけたが、結局リボンを解かずに、ラナが綺麗《きれい》に編んでくれた髪を指先でそっと撫《な》でる。

モニカが生徒会役員になったことで、クラスメイト達のモニカを見る目が変わった。その殆《ほとん》どが「何故《なぜ》こんな娘が生徒会に」とモニカを妬《ねた》んだり、胡乱《うろん》げに見る目だ。

それでも、ラナはモニカを嫌ったりはしなかった。いつものように接してくれた。

……それだけのことが、モニカにはとても嬉しかったのだ。

(解くの、勿体《もったい》ないな……)

湯浴《ゆあ》みの時間まではこのままで良いだろうと、モニカは髪を解かずに寝台に突っ伏す。

その時、カタンと窓の開く音がした。ネロだ。

ネロは窓から室内に入ってくると、律儀に前足で窓を閉めた。

「モニカ、お疲れさん」

ネロは寝台に突っ伏しているモニカの背中に飛び乗って、肩甲骨のあたりを前足で踏んだ。

マッサージというには些《いささ》か弱いが、それでも柔らかな肉球に背中をフニフニされる感覚は心地《ここち》良い。モニカはうっとりと目を閉じて、ほぅっと息を吐く。

「初めての生徒会はどうだった？」

「……今日は、アシュリー様に……しごかれて……」

「アシュリー？　あ、分かった。いつも王子のそばにいてキンキン声で怒鳴ってる、ヒンヤリ兄ちゃんだろ。いつも氷の魔力が漏れてヒンヤリしてる奴《やつ》。オレ様、護衛対象の王子と、その周りの奴らはちゃんと覚えたぜ！」

「……ちゃんと覚えてるなら、名前も覚えよう？」

「オレ様、人間の名前覚えんの苦手なんだよ。で、今日はヒンヤリにどんだけしごかれたんだ？　ルイルイ・ルンパッパより厳しいのか？」

どうやらネロは、シリルの名前もルイスの名前も、真面目《まじめ》に覚える気がないらしい。

モニカは苦笑しつつ、ネロの問いかけに答えた。

「うーん……アシュリー様の厳しさは……ルイスさんの一〇〇分の一ぐらい、かな」

「お前の同期は悪魔か」

シリルの物言いは厳しく、疲れることには疲れるが指導内容は手厚かった。

必要なことはリスト化してくれるし、分からない点を訊《き》けば、きちんと教えてくれる。

それに比べてルイスときたら……と、ルイスにしごかれた悪夢の日々を思い出し、ぐったりしていると、窓の方からコツコツという音が聞こえた。

モニカが首を捻《ひね》って窓を見れば、屋根裏部屋の窓に一羽の鳥が止まっているのが見える。

黄色と黄緑色の羽を持つ美しい小鳥だ。貴族に観賞用に飼われていた鳥が逃げてきたのだろうか？

小鳥はまたコツコツと窓を嘴《くちばし》でつついた。ネロが窓際に近づいても怯える様子もない。

もしやとモニカが窓を開けると、小鳥は屋根裏部屋に飛びこんでくる。そうして小鳥は室内をぐるりと一周して、床に着地した。

やがて小鳥は細かな光の粒子に包まれ、メイド服を身につけた女の姿に変わる。

「あなたは……ルイスさんの」

メイドはスカートの裾《すそ》をつまんで一礼し、抑揚のない声で名乗った。

「〈結界の魔術師〉ルイス・ミラーの契約精霊、リィンズベルフィードです。どうぞ、リンとお呼びください」

まさに悪魔だなんだとルイスの噂《うわさ》をしていた直後なので、モニカは無意識に背筋を伸ばした。

ルイスの契約精霊であるリンがモニカの元を訪れたということは、任務の遂行度合いを報告せよということだろう。

「え、えっと、任務の報告……です、よね？」

「それもございますが、まず先に……ルイス殿より火急の伝令がございます」

火急の――つまり、大至急伝えなくてはならない重要な伝言ということだ。

一体どんな伝言なのだろう、とモニカとネロは息をのむ。

リンは無表情のまま口を開いた。

「『わたくし、ルイス・ミラーはこのたび……』」

「こ、このたび……？」

復唱するモニカに、リンは一言。

「『パパになります』」

絶句するモニカの横で、ネロが叫んだ。

「いらねぇぇぇ！　その情報いらねぇぇぇ！　ただの私信じゃねーかっ⁉」

ネロが前足で床を叩きながら怒鳴っても、リンは特に動じる様子もなく、コクリと頷く。

「はい、奥方様のご懐妊でルイス殿は少々浮かれポンチになっておりまして」

「……う、うかれぽんち？」

あまり耳に馴染《なじ》みのない単語をモニカが復唱すれば、リンは「はい、浮かれポンチです」と神妙な態度で繰り返した。

「なんでも西部地方特有の言い回しで『ポンチ』とは『ぼんぼん、坊ちゃん』を意味するのだとか。つきましては、浮かれて舞い上がった人間相手に使う言葉にございます」

「そ、そうですか……」

「本で目にしてから、一度は口にしてみたいと思っていた単語です。このたび使うことができて、大変に感無量です」

感無量と口にするリンは、相変わらずの無表情だった。

どこまで本気なのか分かりづらい精霊である。

「えっと……その……ルイスさんと奥様に、おめでとうございますと、お伝えください」

「そこは怒れ、モニカ！　あの性悪魔術師、お前に面倒な任務を押しつけて、自分は浮かれてやがるんだぞ！　お前はもっと怒っていい！」

ネロは前足を振り上げてギャアギャアと主張するが、モニカは素直に祝福したかった。

ルイスはさておき、ルイスの妻のロザリー夫人には滞在中、大変世話になったのだ。

リンは「お伝えいたします」と頷き、懐から一枚の紙を取り出す。

「では、本題が済んだところで……」

「おい、今のが本題でいいのか⁉」

ネロのツッコミを黙殺し、リンは取り出した紙を机に広げた。

紙にはルイスの筆跡でこう書き殴られている。

『〈沈黙の魔女〉殿へ、貴女《あなた》の口頭報告の無能っぷりはよく分かっております。重要な報告は、全《すべ》てこの紙に記してリンに渡すように』

流石《さすが》同期である。モニカが口頭で報告すると、重要事項の半分も伝えられないことをよく分かっている。

「わたくしは今回の任務における伝書鳩です。ルイス殿に報告、伝言等があれば、そちらにご記入の上、わたくしに託してください。すぐにお届けいたします」

「……え、えっと、報告内容が特になければ？」

「もれなく、わたくしがこの屋根裏部屋に居座ります」

「す、すぐに書きます！」

モニカは慌ててランプを机に移し、椅子に座った。

幸い報告する内容はそれなりにある。植木鉢落下事件を解決したことや、生徒会役員に選ばれたことは護衛任務において大きな進展だ。これは胸を張って報告して良いだろう。

あとはあとは……と報告内容を考えていると、ネロがヒゲをピクピクと震わせ、窓の外を見た。

「おい、モニカ。男子寮の裏っ側が、なんかヒンヤリしてるぞ」

「……え？」

ネロの言葉の意味が分からずモニカが戸惑っていると、リンが口を挟んだ。

「男子寮裏手に氷の魔力反応があります。意図して魔術を使っているのではなく、暴走して魔力が漏れ出している状態かと」

嫌な予感にモニカの背筋がぞっと冷たくなる。

氷の魔力と言われて真っ先に思い浮かぶのは、生徒会副会長のシリル・アシュリーだ。

「……あの、リンさん、氷の魔力反応は男子寮の中じゃなくて外に？」

「はい、外です。寮の敷地の外に向かって、ゆっくりと移動しております」

もし、この魔力反応がシリルのものだとして、生真面目《きまじめ》な彼がこんな時間に寮を抜け出したりするだろうか？

なんにせよ第二王子の護衛役としては、男子寮付近での異常事態は見逃せない。

「わ、わたし、様子を見に行ってきます……」

「でもよぉ、モニカ。どうやって女子寮を抜け出すんだ？　お前、飛行魔術使えねーじゃん」

「あうっ」

ネロの言う通りだった。

飛行魔術は魔力操作技術だけでなくバランス感覚が問われるので、運動神経が壊滅的に悪いモニカの苦手分野だ。

熟練者は自由自在に空を飛ぶことができるのだが、モニカは少し高く跳躍するのが精一杯である。

モニカが窓の下を見て困っていると、リンが控えめに進言した。

「そういうことでしたら、わたくしにお任せを。わたくしは風の精霊ですので、飛行系の魔法は得意分野です」

そういえば、モニカを山小屋から王都まで連れてきてくれたのもリンだった。

なんと頼もしい！　とモニカが尊敬の眼差《まなざ》しでリンを見上げると、リンは窓枠に足をかけながら言う。

「なお着地方法ですが、わたくし最近ハリケーン着地法というものを考案いたしまして……遠心力を全身で強く体感できる非常にお勧めの着地方法です」

「そ、それは、あの……冗談、です、よね？」

「………………」

恐る恐る訊《たず》ねれば、リンは無言でモニカを見る。その若葉色の目には一点の曇りもない。

怖いぐらい澄んだ目で見つめられたモニカは、ネロを胸に抱いて悲鳴をあげた。

「安全な着地方法にしてくださいぃぃぃぃぃ！」

＊＊＊

フェリクスが男子寮の自室で紅茶を飲んでいると、白いトカゲに化けた精霊ウィルディアヌが、フェリクスのポケットから頭を覗《のぞ》かせて「殿下」と声をかけた。

フェリクスは、カップをソーサーに戻すと、指先にウィルディアヌを乗せる。

「……シリルかい？」

「はい、寮の外に強い氷の魔力を感じます」

「正確な場所は分かるかな？」

「……申し訳ありません。大体の方角ぐらいしか」

ウィルディアヌは申し訳なさそうにしているが、こればかりは仕方がない。

水の精霊であるウィルディアヌが得意としているのは目眩《めくらま》しや幻覚の類で、感知能力はそれほど高くないのだ。

「さて、どうするかな。放っておくわけにもいかないし……少し様子を見に行こうか」

フェリクスは立ち上がり、椅子の背にかけていた上着を羽織った。

＊＊＊

（……頭が、痛い）

男子寮の敷地をおぼつかない足取りで歩く男の姿があった。

セレンディア学園の制服を身につけた細身の体に、月明かりに照らされる長い銀髪。生徒会副会長シリル・アシュリー。

シリルはその白い頬に病的な汗を滲《にじ》ませ、苦しげに顔を歪《ゆが》めながら、男子寮を離れ、近くにある森の中に入っていった。

「……っ、ぐ、ぁ」

ズキリ。頭に鋭い痛みが走ると同時に、体内の魔力が暴走する。

シリルは咄嗟《とっさ》に詠唱を口にし、近くの木に手をついた。途端に、触れた木が氷に包まれる。

シリル・アシュリーは魔力過剰吸収体質だ。

人間は魔力を溜《た》める器を持っていて、魔術などを使い魔力が減ると、体外の魔力を少量ずつ吸収して回復する。

この時、人間の体は器を超えるだけの魔力を溜めることはできない。器がいっぱいになったら、それ以上は体が魔力を拒み、吸収しなくなる。

だが、シリルの体は器がいっぱいになってもなお、体が「魔力不足」と判断し、勝手に魔力を吸収し続けてしまう。それが魔力過剰吸収体質だ。

そして、余剰な魔力は人間の体を蝕《むしば》み、魔力中毒を起こす。故に、彼は器に収まらない分の魔力を定期的に体外に放出する必要があった。

シリルは低く唸《うな》りながら、リボンタイを留めるブローチを握りしめる。このブローチは体内の余計な魔力を強制的に排出してくれる魔導具だ。

これがあれば、シリルは問題なく日常生活を送れるはずだったのに、昨日《きのう》から調子が悪い。

魔術を使えば体内の魔力量が減って一時的に楽になれるのだが、シリルの体はすぐにまた魔力を吸収してしまう。

その速度がいつもより明らかに速い。速すぎる。幾ら魔術を使っても使っても体内の魔力が空にならない。寧《むし》ろ、増えていく一方だ。

シリルは膝《ひざ》をつき、うずくまりながら、すがるような気持ちで魔導具のブローチを握りしめた。

このブローチはハイオーン侯爵がシリルに与えてくれた、シリルの宝物だ。

シリルは元々は、侯爵家の人間ではない。

ハイオーン侯爵には娘しかいなかったため、遠縁の人間で最も優秀なシリルが養子に選ばれたのだ。

ハイオーン侯爵家の血筋と言っても、シリルの家は爵位も持たぬ末席も末席。それでもシリルが選ばれたのは、それだけシリルが優秀だったからに他ならない。

市井の学校で燻《くすぶ》っていたシリルは誇らしかった。自分は優秀な人間なのだと、誰かに選ばれたことが。

そうして誇らしさと喜びを胸にアシュリー家の養子となったシリルが出会ったのは、己の義妹となるアシュリー家の娘。

ハイオーン侯爵家は〈識者の家系〉とも言われている家系だ。義妹は「識者」の名に相応《ふさわ》しい膨大な知識の持ち主で、シリルなど足元に及ばぬほど優秀だった。

——ならば、私は何のために養子となったのだ?

自らの存在意義を失いかけたシリルは、必死でありとあらゆる分野を学んだ。

だが、義妹との差はいつまで経《た》っても埋まらない。

寧ろ学べば学ぶほど、自分と義妹の差を思い知らされる。

それならば自分だけの武器を磨くまで、とシリルは魔術を学んだが、無茶な訓練がたたり、魔力過剰吸収症を発症した。

足掻《あが》けば足掻くほど、己《おの》が理想から遠ざかっていく。そんな感覚に絶望するシリルに、養父のハイオーン侯爵がくれたのが、魔導具のブローチだった。

これがあれば、魔力過剰吸収体質を抑えられるだろう。その言葉とともにブローチを授けられた時、ここにいて良いのだとハイオーン侯爵から認められた気がして、シリルは嬉《うれ》しかった。

シリルは侯爵の期待に応《こた》えたい。そして、何より……。

(私は……に、期待してもらいたい)

だから、シリルはこんなところで這《は》いつくばっている場合ではないのだ。

しかし意に反して体が勝手に魔力を吸収してしまう。シリルは早口で呪文《じゅもん》を詠唱し、氷の魔術を放った。

日の前の地面が凍りつき、少し体が楽になったと思いきや、また体が魔力を吸収する。

体調不良になると、魔力の吸収速度が乱れることはしばしばあったが、それでもこの速さは異常だ。

(何故《なぜ》だ、何故だ、何故……っ!?)

あぁ、早く詠唱をして次の魔術を使わなくては、と口を開きかけたらまた頭が痛んだ。

脈がでたらめになり、呼吸が乱れる。これでは詠唱ができない。魔術が使えない。

「……ぁ…………ぐ……」

シリルは地面を掻《か》き毟《むし》り、冷や汗を流しながら痙攣《けいれん》する。

やがて目の前が真っ暗になり、意識が遠くなったその時……。

猫の鳴き声が、聞こえた。

＊＊＊

リンの風の魔法で寮の自室を抜け出したモニカ、ネロ、リンの一行は、魔力の痕跡《こんせき》を追って森に移動し、木の陰からシリルの様子をうかがっていた。

シリルは苦しげに身悶《みもだ》えしながら、氷の魔術を乱発している。明らかに様子がおかしい。

リンが無表情のまま首を捻《ひね》った。

「最近の学生は、こんな時間にも秘密の魔術訓練をするのですか。勤勉ですね」

「いえ、あの……多分、今のアシュリー様は魔力過剰吸収症による、魔力中毒なんだと、思います」

リンとネロが「魔力中毒？」と声を揃えた。どうやら二人とも、この病気のことを知らないらしい。

「に、人間の体は、精霊や竜と比べて魔力耐性が低くて、魔力を大量摂取すると具合が悪くなるんです……その状態を魔力中毒って言って……最悪、死に至ります」

モニカがまだ魔術師養成機関のミネルヴァに通っていた頃《ころ》、同じ症状になった者を何人か見たことがある。

この魔力過剰吸収症は重症度で五段階に区別しているのだが、恐らくシリルは最も重い症状だ。

「アシュリー様みたいに魔力を吸収しやすい体質の人は、普段からこまめに魔術を使って魔力を減らしたり、余分な魔力を吸収してくれる魔導具を身につけてたりするんですけど……」

シリルが日常的に魔力を冷気に変換して放出したり、グラスに氷を作ったりしていたのも、恐らくはそのためだ。彼はそうやって、体内の余計な魔力を放出していた。

襟元のブローチをやけに気にしていたのは、あのブローチが魔力を吸収する魔導具だからだろう。

モニカの説明を聞いたリンが人差し指と親指で輪を作り、その輪を覗き込むようにしてシリルを見た。

「魔力の流れを確認いたしました。襟元のブローチが体外に放出された魔力を集めて、あの方の体内に魔力を戻しているように見えます」

「やっぱり……！　魔導具が、誤作動を起こしてる……っ！」

魔導具が本来の効能と逆に作動しているのだ。一刻も早く、あのブローチを外す必要がある。

だがモニカが近づいたら、何故こんなところにモニカがいるのかとシリルに問いただされてしまうだろう。

今のモニカは一応ローブのフードを被《かぶ》ってはいるが、ブローチに触れるほど近づけば、流石《さすが》に誤魔化《ごまか》せない。

モニカが躊躇《ちゅうちょ》していると、ネロがニャウッ！　と勇ましく鳴いた。

「そういうことなら、オレ様に任せろ！」

ネロは木の陰から飛び出すと、シリルに飛びかかり、襟元のブローチを咥《くわ》えた。

「な、猫……っ⁉　やめろ……それに触るなぁっ！」

シリルは腕を振り回して抵抗するが、ネロはそれを難なくかわし、ブローチを外した。そうしてシリルから距離を取る。

「返せ……っ、返せぇぇぇっ‼」

シリルは目を血走らせてヒステリックに叫ぶと、早口で呪文を詠唱した。

途端に、ネロの進行方向が氷の壁で閉ざされる。

（げげっ……⁉）

ネロは慌てて方向転換し、森に逃げ込もうとした……が、氷の壁は勢い良く広がっていき、ネロの逃げ道を塞《ふさ》ぐ。

気がつけばネロとシリルの周囲は、氷の壁で囲まれていた。

（やっべぇ……オレ様、すっげー寒さに弱いのにぃぃぃっ！）

「返せ……それを、返せ……」

シリルは目を血走らせてネロに近づいてくる。

荒い呼吸の合間に、虚《うつ》ろな呟《つぶや》きが聞こえた。

「……それは……義父上《ちちうえ》が……くださっ、た……………認めて、もらわ、ないと……認め……」

シリルの目は正気を失い、執着心に淀《よど》んでいた。

その姿を、ネロは哀れまずにはいられない。

（……なんで、人間ってのは、どいつもこいつも馬鹿なんだろうなぁ）

きっと、この人間にはこの人間なりに、ブローチに執着する何らかの事情があるのだろう。だが、ネロには関係のないことだ。

シリルが早口に呪文を唱えた。彼の周囲に一〇本以上の氷の矢が浮き上がる。

一本一本が腕ほどの太さがあるそれは、もはや矢というより杭《くい》に近い。

なんにせよ、直撃したらただでは済まないだろう。

「私は認めてもらったんだ。義父上に……殿下に……なのに、何故……」

熱に浮かされたようなシリルの目が、虚ろにネロを見据える。

それでも今、彼が見ているのはネロではない。

魔力に全身を蝕まれている彼は、ネロの知らない誰かの幻を見ている。

「…何故……」

端整な顔が苦しげに、そして、どこか泣きそうに歪む。

「……何故……貴女《あなた》は、認めてくれないのですか……お母様」

その時、音もなく氷の壁が瓦解《がかい》した。

氷の壁も、シリルの周囲に浮いていた氷の矢も、全《すべ》てが炎に包まれ燃え上がっている。

シリルが生み出した氷は僅《わず》か数秒足らずで溶けて消え、氷を溶かした炎は、まるで意思を持っているかのように一箇所に集い、やがて炎の大蛇になった。

そして崩れ落ちた氷の壁の向こう側、白い月を背に佇《たたず》むのは、フードを目深に被った小柄な魔女。

無詠唱魔術の使い手にして、七賢人が一人〈沈黙の魔女〉モニカ・エヴァレット。

＊＊＊

シリルの父はハイオーン侯爵家の血を引いていたが、爵位は持っていなかったし、決して裕福ではなかった。

それでも父は侯爵家の血を引いていることを鼻にかけ、ろくに働きもしなかったし、母に対して居丈高に振る舞っていた。

それが嫌で、シリルはいつも母の味方をした。母に喜んでもらおうと、彼なりに考えて努力もした。

それでも母はシリルの顔を——父によく似た貴族的な顔を見ると、いつも悲しそうに眉《まゆ》を下げて、シリルから目を逸《そ》らす。

やがて父が酒に溺《おぼ》れて死んだ頃、ハイオーン侯爵家の人間がシリルを養子にしたいと申し出た。

シリルは飛び上がって喜んだ。

これで母に楽をさせることができる！　母に喜んでもらえる！

無邪気に喜ぶシリルを見て、母はため息まじりに言った。

『あぁ、貴方《あなた》はやっぱり、貴族の子なんだわ』

——違います、お母様。私は貴女の子です。

その一言が、シリルはどうしても言えなかった。

シリルの目の前にいるのは、フードを目深に被った人物だ。小柄で、とても成人しているようには見えない。

だが、その人物が軽く右手を持ち上げれば、シリルの氷壁を溶かした炎の大蛇がフードの人物のそばをぐるりと一周する。

シリルのブローチを奪った黒猫がにゃうっと鳴いて、フードの人物に駆け寄った。

フードの人物は黒猫を抱き上げると、黒猫が口に咥えていたブローチを指でつまむ。

「……その猫は、貴様の猫か」

シリルが低い声で唸《うな》っても、フードの人物は見向きもせず、ブローチを眺めている。

その態度がますますシリルを苛立《いらだ》たせた。

「そのブローチを、返せっ！」

激昂《げきこう》のままにシリルは呪文《じゅもん》を詠唱した。唱えたのは氷の鎖を生み出す術式。

シリルがパチンと指を鳴らせば、フードの人物の四肢が氷の鎖で搦《から》め捕られ……次の瞬間、氷の鎖は瓦解した。

「……は？」

フードの人物は何もしていない。詠唱すらしていなかった。

なのに氷の鎖は呆気《あっけ》なく砕け散り、キラキラときらめく残骸《ざんがい》を地に散らす。

術式を間違えたかと思い、シリルはもう一度呪文を詠唱した。だが、結果は変わらない。氷の鎖は顕現すると同時に崩壊する。

「何故《なぜ》だ、何故だ、貴様が……貴様が何かしたのか?」

フードの人物はやはり何も言わずにブローチをじっと見ていた。シリルなど目にも入らぬとばかりに。

……その態度が薄気味悪い。

「答えろっ!」

シリルは氷の矢を生み出し、フードの人物目掛けて放った。

だが、矢はフードの人物に届く直前に炎に包まれ、溶けて消える。

もしかしたら、そばに仲間がいるのではないかとシリルは思った。そうでなければ説明がつかない。

だって、フードの人物は詠唱をしていないのだ。詠唱無しでシリルの魔術を打ち消すなど、できるはずがない。

「くそっ……くそっ……っ‼」

シリルは大量の氷の矢を作ると、それを己の周囲にでたらめに放った。このフードの人物の仲間が周囲にいるのなら、炙《あぶ》り出してやろうと思ったのだ。

だが、フードの人物が僅かに片手を上げれば、それだけで氷の矢は炎に包まれ、呆気なく溶けて消える。

(なんだ……なんだ、これは……)

でたらめに放った矢を、盾で防ぐことはそれほど難しくない。だが放たれた矢を、全て矢で撃ち落とすことができたら、それは神技だ。

今、シリルの目の前で行使されたのは、そういう魔術だった。

しかも氷を溶かした炎は、周囲の木々に燃え移ることなく消えた。つまり、それだけ精緻《せいち》な魔術ということだ。

炎の一つ一つが、恐ろしく正確な計算のもとに編み上げられている。

しかも、この数を？　僅か数秒足らずで？

（なんだ、なんだ、何が起こっている？　私は何を見ている？）

魔術を知らぬ者なら、見た目が派手な炎の大蛇に目を奪われただろう。

だが、少しでも魔術をかじったことのある者なら、気づくはずだ。氷の矢を撃ち落とした小さな炎の異常さに。

魔術戦における防御の基本は盾。つまり防御結界だ。

だが目の前の人物は盾を使わずに、圧倒的な技術の差をシリルに見せつけた。

「なんなんだ……なんなんだ、貴様はぁぁぁ……っ」

シリルは細かな制御を放棄して、ありったけの魔力を冷気に変換し、フードの人物にぶつけた。

「凍れ！　凍れ！　物言わぬ氷像になってしまえ！」

ヒステリックに喚《わめ》き散らしながら放った冷気は、シリルを中心としてあらゆるものを凍らせていく。地面も、木々も、そしてシリル自身も。

手足が凍傷になろうが構うものかと、シリルは冷気をぶつけ続けた。

だが、そこで気づく。

最大出力の冷気が徐々に押し返されている——否、向きを逸らされているのだ。上空に。

フードの人物は風の魔術でシリルの冷気を受け流している。

それと同時に、シリルの手足に貼りついていた氷が少しずつ剥《は》がれ落ちていく。シリルの体を冷気から保護する結界が張られているのだ。

我が身を顧みずに術を使っているシリルは、当然結界なんて使っていない。

(こいつが……?)

フードの人物が風の魔術で冷気を受け流しつつ、防御結界でシリルの体を保護しているのだとしたら、恐ろしく高度な魔術を二つ同時に使用していることになる。

きっとこのフードの人物の仲間が周囲に隠れて、こっそり術を使っているのだ。そうに違いない。

(……だが、もし、そうでないとしたら?)

このフードの人物が、たった一人でこれだけの魔術を使っているのだとしたら……それはもうバケモノだ。

シリルは青ざめ、全身をカタカタと震わせた。

魔術を行使していた時の高揚感と酩酊《めいてい》感が鎮まり、全身から血の気が引いていく。

「……あ……」

目の前が霞《かす》み、全身から力が抜けていった。魔力が底を突いたのだ。

「『できない』では駄目なんだ……私は…………わた、しは……」

シリルは歯を食いしばり、意識を保とうとした。だが意思とは裏腹に体が重くなり、目の前が暗くなる。

「期待に、応《こた》え、ないと……」

意識を失う直前にシリルが見たのは……フードの人物が絶望的に鈍臭い走り方でシリルに駆け寄り、小さな手を伸ばす光景だった。

＊　＊　＊

「だ、だだ、大丈夫……ですか……？」

モニカはシリルに駆け寄り、膝《ひざ》の上に彼の頭を乗せて具合を確かめる。

シリルは意識を失っていた。脈も少し弱くなっているが、命に別状はなさそうだ。これなら、少し休めば回復するだろう。

「……良かったぁ」

魔力中毒は初期症状で、魔術の行使に強い興奮を覚えるというものがある。

更に悪化すると幻覚、動悸《どうき》、目眩《めまい》などの症状が起こり、最後は全身を魔力に蝕《むしば》まれて死に至るのだ。故に魔力中毒の人間は、初期症状の内に魔力が空になるまで魔術を使わせるのが手っ取り早い治療手段である。

「お見事です」

物陰に隠れて見守っていたリンが姿を現し、モニカの手もとにあるブローチを見た。

「やはり、その魔導具に不具合が？」

「はい……魔導具の術式に不具合が生じてる……多分、保護術式が施されていなかったんです」

魔導具は非常に繊細だ。魔力を導く道具、という名が意味する通り、正しい術式で魔力を導いてやらないと誤作動を起こしかねない。

故に魔導具は、効果を付与する魔術式とは別に、その魔術式を保護するための保護術式を重ねがけするのが一般的だった。

ところが、シリルのブローチにはその保護術式が施されていない。

「保護術式で保護していない魔導具は、装着者が強い魔法攻撃を受けると、誤作動を起こしやすいんです」

モニカの言葉に、ネロが「不良品じゃねーか！」と苛立たしげに尻尾《しっぽ》を振った。

「ったく、どこのどいつだよ、そんな手抜き仕事した奴《やつ》ぁ」

「えっと……ブローチの裏に銘が刻まれてる………」

ブローチをひっくり返し、そこに刻まれた名前を見てモニカは頬を引きつらせた。

「……〈宝玉の魔術師〉エマニュエル・ダーウィン……」

「なんだ、なんだ？　知ってる奴か？」

モニカが返答に困っていると、リンが淡々と答えた。

「〈沈黙の魔女〉殿と同じ、七賢人の一人と記憶しております。ルイス殿と不仲。第二王子派。ルイス殿曰《いわ》く『金の亡者の小悪党』」

ネロは数秒の沈黙の末に口を開いた。

「……七賢人って、まともな奴いねぇの？」

耳の痛い発言である。

モニカは「あうっ……」と胸を押さえつつ、ブローチに新しい魔術式を上書きした。

この手の物質に魔力を付与する魔術のことを、付与魔術と言う。

モニカは付与魔術の類は専門的に学んだわけではないのだが、このブローチはそれほど複雑な構成ではないので修正に苦労はしなかった。

例えば、ルイスがフェリクスのために作ったブローチ。

あれは常に持ち主の居場所を追跡しつつ、持ち主が攻撃を受けた際は危険を察知して防御結界を展開する、非常に高度な魔導具だった。

一方、このブローチは魔力を吸収して放出するだけの物だ。

（体内の残存魔力量に応じて魔力の吸収量を調整できる、自動調整術式も組み込んでおこうかな）

この手の魔術式を見ると、ついつい改善したくなるのがモニカの悪い癖である。

それでも突然ブローチの機能が変わったら、シリルも困惑するだろう。

モニカは魔術式の不具合を修正し、自動調整術式を組み込む程度に留《とど》めて、後はその術式を保護する保護術式を二重にかけた。これで簡単には故障したりしないはずだ。

モニカがシリルの襟元にブローチを留め直すと、ネロがからかうようにモニカを見上げた。

「お前がそこまでしてやる必要はあるのか？　魔導具って修理するだけで金貨二枚はふんだくれるんだろ？」

「……それ、は」

モニカは自分の言葉をまとめるべく、一度言葉を切る。

モニカはシリルのことが、ほんの少しだけ羨《うらや》ましかった。

誰かに認められることを誇りに思える彼が。そのために努力を惜しまない姿勢が。

「魔力過剰吸収体質は不便なことも多いけど、上手に付き合えば、魔術師としては有利になるの」

魔力の吸収速度が速いということは、それだけ魔力の回復が速いということだ。

回復が速ければ、それだけ長期戦で他の魔術師よりも有利に戦える。

実を言うと魔術師の中には魔力の回復速度を上げるために、わざと過酷な修行をして自分を追い込み、この体質になりたがる者もいる。

つまり、シリルのこの体質は「才能」と呼ぶこともできるのだ。

「……この才能を……呪《のろ》いだと思ってほしくなかったの」

モニカはどうしたって、自分の才能を誇れない。呪いと思わずにはいられない。

だからこそ、シリルには自分のようになってほしくなかった。胸を張って、自分を誇っていてほしかった。

自分を誇れないモニカの分まで。

「ところでよぉ。こいつ、どうすんだ？　ここに寝かせとく？」

ネロが前足でシリルの頬をフニフニと押す。

確かにまだ冬ではないとは言え、こんな森の中に具合の悪い人間を寝かせておくのも気が引ける。

どうしたものかとモニカが困っていると、リンが挙手をした。

「わたくしが突風でこの人間の体を吹き飛ばし、男子寮に放り込みましょうか」

「できればもう少し穏便に……」

「では、竜巻を起こして男子寮に吹き飛ばし……」

「悪化してますぅぅぅぅ」

とは言え、リンの飛行魔術でこっそり男子寮に忍び込んだとしても、シリルの部屋が分からない。

どうしたものかとモニカが頭を抱えていると、ネロがやれやれとばかりにため息をついて飛び上がった。

くるりと一回転して着地すれば、次の瞬間にはその姿は黒猫ではなく、黒髪に金目の青年に変わっている。

「そんじゃ、オレ様がこいつを男子寮の門の辺りまで担いでいってやるよ。で、寮の正門近くに転がしときゃ、門番が気づくだろ」

「うぅ、どうしても転がしておくの……?」

「中まで忍び込んで、オレ様達が見つかったら、元も子もねーだろ」

そう言ってネロはシリルの体を雑に持ち上げ、肩に担ぐ。

「あの、ネロ、せめておんぶで……」

モニカの声も聞かず、ネロは身軽に地面を蹴《け》って走り出す。

やがてネロの背中は夜の森に溶けるように見えなくなった。

十章　完璧《かんぺき》な式

シリルを肩に担いだネロは、明かりの一つも持たずに夜の森を疾走していた。ネロは人間の姿をしていても、それなりに夜目が利く。

ついでに言うと人間より遥《はる》かに力持ちなので、シリルを肩に担いでいても余裕の全力疾走だった。

（……そういや、このヒンヤリ兄ちゃん、どうやって寮から抜け出したんだ？）

男子寮も女子寮も、それぞれ高い塀に囲まれている。門には門番がいて、夜通しで見張りをしているから、簡単には出入りできないはずだ。

飛行魔術を使って跳躍なり飛行なりすることができれば話は別だが、飛行魔術は言うほど簡単なものではない。

高度で精緻な魔力操作技術と身体能力の両方が必要となるので、扱えるのは上級魔術師クラスだ。だから、身体能力の低いモニカは飛行魔術が使えない。

（オレ様の見立てだと、このヒンヤリ兄ちゃん、氷の魔術は突出してるけど、それ以外はあんまり得意じゃなさそうなんだよなぁ）

人間は生まれた時から得意属性が決まっている。一般的な魔術師は、得意属性の魔術しか使えないということも珍しくない。

属性を問わず高難易度の魔術を容易《たやす》く使ってのけるモニカは、色々と規格外なのである。

たまに忘れそうになるけれど、一応この国の魔術師の頂点に立つ七賢人なのだ。

（多分、このヒンヤリ兄ちゃんは風の魔術は使えねぇんだろうなぁ。まぁ、この年でこれだけ氷の魔術を使えりゃ、充分すごいけどよぉ）

飛行魔術が使えないシリルが、どうやって男子寮を抜け出したのか？

その答えは、男子寮の裏手に辿《たど》り着《つ》いたところで、すぐに判明した。

寮を囲う壁の一部に亀裂が入っているのだ。どうやらシリルはここから抜け出したらしい。

「案外、名門校の管理も杜撰《ずさん》なもんだなぁ」

「その亀裂は歴代の生徒達が寮を抜け出して、息抜きをするのに使っていたらしいね」

ネロの背後で声がした。

シリルを背負ったままネロが振り向けば、そこには見覚えのある男子生徒が佇《たたず》んでいる。

すらりとした長身、甘く整った顔立ち、月明かりの下で柔らかく輝く金色の髪――リディル王国第二王子フェリクス・アーク・リディル。

フェリクスは制服姿で、少し大きめの板を手にしていた。

ネロがその板に目を向けると、フェリクスは亀裂を覆うように、板を壁に立てかける。

「普段は板を立てかけて、この亀裂を隠しているのだけれど、シリルはそうするだけの余裕もなかったようだね」

なるほど、この亀裂は王子様も御用達《ごようたし》の抜け道というわけか。

納得しつつ、ネロは肩に担いだシリルを下ろした。

「オレ様は通りすがりの旅人だ。このヒンヤリ兄ちゃんが魔力中毒で暴走して、森ん中でぶっ倒れてたから、届けに来てやったんだぜ。オレ様優しいだろ。感謝しろ」

「あぁ、わざわざありがとう」

「このヒンヤリ兄ちゃんがなんか言っても、魔力中毒で幻覚を見たんだって言っとけよ。いいか。こいつが見たのは全部幻覚だ」

「……ふぅん？」

フェリクスはシリルをチラリと見ると、すぐに視線をネロに戻した。

その表情は穏やかで優しげで——だが、碧《あお》い目は油断なくネロの動向をうかがっている。

「親切な旅人さん。名前を教えてもらっても？」

「名乗るほどの者じゃねぇけど、オレ様は親切だから名乗ってやろう。バーソロミュー・アレクサンダーだ」

ネロが大ボラを口にすれば、フェリクスは口元に手を当ててクスクスと笑った。

「冒険小説の主人公と同じ名前だ」

「お前、ダスティン・ギュンター知ってるのか？」

ネロの中でフェリクスの好感度が少しだけ上がった。ダスティン・ギュンター好きに悪い奴《やつ》はいない、とネロは固く信じている。

声を弾ませるネロに、フェリクスは肩をすくめる。

「この国にある娯楽は一通り嗜《たしな》んでいるよ。小説も、遊戯も、観劇も」

そう口にするフェリクスは笑顔なのに、なんだか空虚な笑い方をしていた。

ネロは思わず顔をしかめる。

（……気持ちの悪い人間だぜ）

王族に生まれ、ありとあらゆるものに恵まれているくせに、まるで何も持っていない人間みたいな——虚《うつ》ろな目をしている。

フェリクスはシリルを軽々と担ぎ、それから思い出したかのようにネロを見た。

「ところで知っていたかい、旅人さん？　この近辺の森は学園の敷地だから、学園関係者以外は立ち入り禁止なんだ」

「へぇ、そうかよ」

ネロは人間の約束事を強要されるのが嫌いだ。

（だってオレ様人間じゃねぇし）

人間のルールなんて、自分の知ったことじゃない。ネロは顎《あご》をしゃくってシリルを示した。

「そのヒンヤリ兄ちゃんを助けてやったんだ。ちょっとぐらい目を瞑《つぶ》れよ」

「あぁ、勿論《もちろん》。シリルを助けてくれた君を、尋問するような真似《まね》はしないさ」

「ほ〜〜〜う？」

ネロは胡散臭《うさんくさ》そうに顔をしかめ、その手を自身のローブの中に突っ込んだ。

そうして服の中でゴソゴソと手を動かし、何かを捕まえる。

「……わざわざ尋問をしなくても、こいつがオレ様の正体を調べてくれるからか？」

そう言ってネロはローブの中に引っ込めていた手を外に出す。

ネロの指の先では、尻尾《しっぽ》をつままれた白いトカゲがプラプラと揺れていた。

ネロがトカゲを顔の高さまで持ち上げて「食っちまうぞ〜」と脅すと、トカゲは小さい四肢をバ

タつかせて暴れる。

ネロは鋭い歯を剥《む》き出《だ》しにして、凶悪な顔で笑った。

「見たところ水の精霊か？　オレ様の服に忍ばせて、こっそり偵察するつもりだったんだろうが、残念だったな。オレ様、魔力の反応には敏感なんだ」

精霊は魔力の塊のようなものだ。故に、上位精霊であるほどネロにはすぐに分かる。

この白いトカゲは水の上位精霊だ。おおかた、この王子の契約精霊といったところか。

フェリクスは白いトカゲを突きつけられてもなお、穏やかな笑みを浮かべていた。それがやけに薄気味悪い。

ネロとしては「な、なんだって⁉」とか「お前は何者なんだ⁉」という反応を期待していたのだ。それなのに、この王子様は毛ほども動揺してくれない。

ネロはつまらなそうにトカゲを地面に放り捨てると、フェリクスに背を向けた。

「あばよ」

ネロは少しだけ首を捻《ひね》ってフェリクスを見た。フェリクスは何も言わず、穏やかな笑顔のまま、ネロの背中を見送っている。

（おい、キラキラ王子。いくら退屈だからって、オレ様のお気に入りに手を出すなよ？）

これ以上お喋《しゃべ》りをしていたら、正体に気づかれかねない。故に、ネロは声に出さずに呟《つぶや》く。

鋭い歯を剥き出しにして、凶悪に笑いながら。

（モニカを壊したら、お前なんて、頭からバリバリと食ってやる）

地面に放り捨てられたウィルディアヌは、フェリクスのそばまで移動すると、申し訳なさそうに小さな頭を地面にぺたりとつけた。

「力不足、申し訳ありません。今すぐに、あの者を追いかけて……」

「いや、いいよ。君が食べられたら困るからね」

フェリクスは冗談めかして軽口を叩《たた》いたが、ウィルディアヌは大真面目《おおまじめ》に己の力不足を恥じているようだった。

だが、フェリクスはもう、あの黒髪の男を追いかけるつもりはない。

あの男が何者なのかは分からないが、追いかけてどうにかなる相手ではないというのは、本能的に分かる。

あれは人外だ。それもおそらく精霊ではない、別の何か。

ただ、あの人外が何者だろうと、フェリクスに害をなすつもりが無いのなら、今は放置して構わないだろう。

「ウィル、ポケットの中に戻ってくれ。君の姿をシリルに見られると、少々都合が悪い」

「かしこまりました」

ウィルディアヌは、フェリクスの足をスルスルとよじ登って、ポケットに収まる。それを確認して、フェリクスはシリルを背負い直し、歩きだした。

すると、フェリクスの背中でシリルが小さく呻《うめ》く。どうやら意識を取り戻したらしい。

「……ぅ、……わた、しは……」

掠《かす》れた声で呟くシリルに、フェリクスはいつもと変わらぬ口調で話しかけた。

「やぁ、起きたかい」

「…………でん、か……？」

シリルは瞬《まばた》きを何回か繰り返し、ぼんやりとした目でフェリクスを見た。

「君は魔力中毒を起こして、森の中で倒れていたんだ。親切な旅人さんが君をここまで運んでくれたんだよ」

「……ご迷惑を」

「なに、構わないさ」

いつものシリルなら、すぐに自分で歩くと言いだしていただろう。それを言いださないのは、それだけ消耗しているからだ。

フェリクスがシリルを彼の部屋まで送り届けると、シリルはぐったりとベッドに横たわり、フェリクスを見上げた。

「……私を助けた旅人というのは、小柄で、フードを被《かぶ》った人物でしょうか」

フェリクスは首を横に振った。

「いいや、背の高い黒髪の男だ」

「……そう、ですか」

呟き、シリルは目を閉じる。まるで何かを反芻《はんすう》するかのように。

ふと気になって、フェリクスは訊《たず》ねた。

「君は森の中で、どんな幻覚を見たんだい？」

シリルは、しばし戸惑うように黙っていた。

閉ざされた瞼《まぶた》の裏側で、彼は自分が見た幻を思い浮かべているのだろう。

やがてシリルは目を閉じたまま、ゆっくりと口を開く。

「……恐ろしく静かで、恐ろしく強い……バケモノの幻です………私はあの姿を、生涯忘れないでしょう」

＊　＊　＊

ネロにシリルを託したモニカは、その足で森を出ると、女子寮の横を通り過ぎて、セレンディア学園の校舎へと向かった。

そんなモニカの行動に、リンが無表情のまま首をガクンと真横に倒す。首のもげた人形のように不気味なその動きは、疑問があることの表明だ。

「何故《なぜ》、寮に戻らないのですか？」

「……ちょっと、確認したいことが、あって」

確認したいこと、とリンが復唱する。

モニカは学園の裏に回り、裏門の前で足を止めた。

「……アシュリー様のブローチが故障したのは、強い魔力を浴びたから、です」

その結果、保護術式を施していない魔導具のブローチは誤作動を起こしてしまった。

では、シリルが浴びた強い魔力とは何か？　シリルが何らかの魔術による攻撃を受けたと考えるのが妥当だろう。

「さっきのアシュリー様、すごく取り乱してました。あれは魔力中毒の症状よりも、むしろ……精神干渉系の魔術を受けた人の症状に、似てて……」

精神干渉系の魔術は準禁術に指定されている危険な魔術だ。

簡単な洗脳をしたり、人間の記憶に干渉し、時に都合の悪い事実を忘れさせることもできるが、副作用で精神的に不安定になったり、感情の起伏が激しくなったりすることがある。

リンはようやくモニカが言わんとしていることを理解したらしい。

「つまり先程の方は、つい最近精神干渉系の魔法攻撃を受けている。魔導具のブローチはその際に故障してしまった、と？」

「……はい」

そうすると、これまでに学園内で起こった事件もある程度全貌《ぜんぼう》が見えてくる。

植木鉢事件を起こしたセルマ・カーシュの動機は、アーロンが断罪されたことに対する逆恨みだ。

だが、アーロンが断罪された事実は生徒には隠され、アーロンは病気療養のため自主退学という形で決着がついたはず。

ならば、どうしてセルマは、アーロンが断罪された事実を知っていたのか？

誰かが教えた、と考えるのが妥当だろう。

そして、真犯人は精神干渉魔術でセルマが暴走するように仕向けた。共犯者の容疑が全《すべ》て、セルマに向くように。

（思えば、アーロン・オブライエンさんの錯乱ぶりも、精神干渉魔術の副作用によく似ていた）

自分には共犯者がいると言いながら、その名前が思い出せないのだと叫ぶアーロン。

全ては自分が悪いのだと主張し、支離滅裂な言動をとるセルマ。

そして、魔力を暴走させ、激しく取り乱していたシリル。

この三人が、記憶操作系の精神干渉魔術を受けていたとしたら？

そんなことができて、かつ動機がある人物とは？

「……リンさん、ちょっと隠れてて、ください」

「かしこまりました」

リンはメイド服のスカートを身軽に翻し、近くの木の枝に音もなく着地する。

風の精霊ならではの身軽さにモニカが感心していると、校舎のそばに人影が見えた。モニカは被っていたフードを外すと、その人影に近づく。

校舎から出てきたその人物はモニカの姿を目にすると、怪訝《けげん》そうな顔をした。

「キミは……最近編入したモニカ・ノートン？　何故、こんな時間に外出しているのだね？」

神経質そうに丸眼鏡《まるめがね》を持ち上げながら言うのは、モニカのクラスの担任であり、生徒会の顧問である教師、ヴィクター・ソーンリー。

ソーンリーはその腕の中に、分厚い紙の束を大事そうに抱えていた。

モニカがその紙の束をじっと見ていると、ソーンリーが眉《まゆ》をひそめる。

「寮の門限はとっくに過ぎているはずだがね？　この時間の無許可の外出は謹慎処分に……」

「それ」

ソーンリーの言葉を遮り、モニカはソーンリーが腕に抱えている紙の束を指さした。

「持ち出して、どうするんですか」

ソーンリーは一瞬、鼻白んだように口ごもった。眼鏡の奥の目が僅《わず》かに泳ぐ。

「別の物と差し替えるつもりなら、無駄です。わたし、目を通した資料の数字は全部覚えてるので」

「差し替えるだと？　……君は何を、言っているのだね」

ソーンリーの頬は引きつり、その声は不自然にうわずっていた。

今までずっとビクビクしていたモニカの幼い顔から、表情が抜け落ちる。生徒会室で数字と向き合っていた時のように。

緑色に底光りする目が、ソーンリーが抱えこんでいる資料をひたと見据えた。

「生徒会の会計記録は、もう随分昔から、めちゃくちゃでした」

毎年収支の合わない会計記録は、最終的に無理やり帳尻《ちょうじり》を合わせる形で、雑に管理されていた。

その際に、会計担当者なり顧問なりによる誤魔《ごま》化《か》しは伝統的にあったのだろう。

だが、会計記録を見たモニカは気がついた。

「五年前から、誤魔化し方が洗練されているんです。しかも、金額が少しずつ大きくなっている」

そして一年前、アーロン・オブライエンが会計の代になると、その金額はますます大きくなった。

「五年前は、貴方《あなた》が生徒会の顧問に就任した年……です」

「それが、どうし……」

「アーロン・オブライエンさんの着服の共犯者は、貴方です。ソーンリー先生」

バサバサッ、という音がした。ソーンリーの腕の中から資料が落ちる音だ。

モニカが落ちた資料に気を取られていると、ソーンリーはすかさずモニカに詰め寄り、その右手首を掴《つか》んで拘束した。

ソーンリーはモニカを忌々しげに睨《にら》み、低い声で吐き捨てる。

「まったく、不出来な生徒のくせに、妙なところばかり目敏《めざと》い」

「……はな、して、くださいっ」

モニカが手を振り払おうと抵抗すればするほど、ソーンリーのこめかみが苛立《いらだ》たしげにピクピクと引きつった。

モニカを見下ろすソーンリーの目は、どろりと煮詰めたような悪意で澱《よど》んでいる。

「魔術の研究には金がいるのだよ。この研究がどれだけ優れたものか……まぁ、君のような凡愚には一生かかっても理解できないだろうがね」

ソーンリーは折れそうなほど強くモニカの手首を掴み、反対の手でモニカの顔を覆うように掴んだ。

モニカの耳に届くのは、低い声の詠唱。この術式は……。

(──精神干渉術式!)

ソーンリーの詠唱が終わると、その手から白い光が溢《あふ》れ出す。

「さぁ、その目に焼きつけたまえ。私の完璧《かんぺき》な術式を!」

モニカの視界が白く染まった。

光の粒子は一つ一つが小さな魔法文字でできている。この光の奔流そのものが一つの魔術式なのだ。その魔術式をモニカは目を逸《そ》らさずに凝視する。

「君は何も見なかった。会計記録の数字も忘れる……良いかね?」

ソーンリーの暗示は相手の頭に穿《うが》たれる楔《くさび》だ。

暗示に逆らい、楔を無理に抜こうとすると激痛を伴う。

だが、その楔はモニカに穿たれる前に霧散した。

「……な、に？」

ソーンリーの魔術式がバラバラに崩れ落ち、光の粒は輝きを失う。

目を剥《む》くソーンリーをモニカは静かに見上げた。幼くあどけない顔に浮かぶのは、明確な不快感。

モニカは滅多に腹を立てることがない。

どんなに自分が馬鹿にされても、グズでノロマで人並みのこともまともにできない娘と言われても、その通りだと項垂《うなだ》れることしかできない。

……それでも数字と魔術だけは。

完璧で美しい数式と魔術式を汚す行為だけは、絶対に許すわけにはいかないのだ。

ソーンリーの魔術式は、改竄《かいざん》だらけの会計記録と同じだ。モニカが愛する完璧で美しい式には程遠い。

「……こんなの、全然、完璧じゃない」

その言葉に、ソーンリーが目を血走らせてモニカを睨む。

いつものモニカなら恐怖に立ちすくみ、涙目で俯《うつむ》いていただろう。だがソーンリーの不恰好《ぶかっこう》な魔術式が、モニカの魔術師としての矜持《きょうじ》に火をつけた。

「精神干渉魔術は、繊細な魔力操作技術と、複雑かつ緻密《ちみつ》な魔術式の理解力が必要です。こんな穴だらけの魔術式……全然完璧じゃない、です」

「何を言うっ、私の魔術式は完璧だ……っ！」

「……わたしなんかに、防がれる程度の術が、ですか？」

「黙れっ！」

ソーンリーは再び詠唱を口にする。

先程の術式は記憶の一部を封印するものだったが、今ソーンリーが口にしているのは、完全に相手の精神を破壊する凶悪な術式だ。

ソーンリーは白い輝きに包まれた右手を振り上げた。

「私の素晴らしさを理解できない愚図は、物言わぬ人形になってしまえ！」

ソーンリーの右手がモニカの頭に触れた瞬間、モニカは自身の魔力でソーンリーの魔術式に干渉した。

他者の魔術式に干渉するという行為は、干渉する側が高い実力を持っていないとできない、極めて非常識な行為だ。それをモニカは容易《たやす》くやってのける。

モニカはまず、ソーンリーの編んだ魔術式を読み解き、複雑に編んだ糸をするすると解くように魔術式を分解した。

ここまでは、先程ソーンリーの魔術を無効化した時と同じだ。白い光がパッと霧散し、光の粒が周囲に飛び散る。

更にモニカは一度分解した魔術式を、解除せずにそのまま編み直した。

それもより複雑に、繊細に、美しく――完璧に。

周囲に飛び散った光の粒が意思を持っているかのように、モニカの周囲に渦を巻き、やがて形を変えていく。

（なんだこれは？　何が起こっている？）

ヴィクター・ソーンリーは驚愕《きょうがく》のあまり、息をのんだ。

意味を持たぬ形をしていた光の粒は、いつしか白く輝く蝶《ちょう》に形を変え。

きらめく鱗粉《りんぷん》を散らしながら、夜闇の中を飛び回っている。

それはとても幻想的で、背筋が凍るほど美しい光景だ。

だが、少しでも魔術の素養がある者なら、絶句せずにはいられない。

（あの蝶、一つ一つが、魔術式……だと？　しかも、こんな、高度な……）

古い魔術書には、精神干渉術式の完成形は蝶の形を成すと記載されている。

そして今、ソーンリーの目の前を舞うのは、魔術式だけで作られた美しい蝶。

ソーンリーが犯罪に手を染め、全《すべ》ての情熱を注いで研究し、それでも手が届かなかった術式の完成形。それを詠唱も無しに容易く編み上げたのは、ソーンリーが見下していた、ちっぽけな少女。

学園に相応《ふさわ》しくない貧相な身なりのこの小娘は、あろうことかソーンリーの着服を見抜き、挙句の果てにソーンリーの魔術を否定した。

魔術師として、圧倒的な力の差を見せつける形で。

「馬鹿な、馬鹿な、そんな……何故《なぜ》、お前なんかが……こんな完璧な式を……詠唱も無しに……」

口にして、気づく。

人間は詠唱をしなくては魔術が使えない。

だが、この国にはたった一人だけ、その不可能を可能にした者がいる。

二年前、弱冠一五歳で魔術師の頂点である七賢人に選ばれた天才少女。

その天才は、ソーンリーが二〇年以上かけて開発した魔術式よりも更に高度な魔術式を発表し、魔術師関係者を震撼《しんかん》させ、ソーンリーのプライドをボロボロにした。

「お前は……お前は、まさか〈沈黙の〉……」

ソーンリーの言葉を遮るように、白い蝶がペタリ、ペタリとソーンリーの体に貼りつく。

引きはがそうと蝶に爪を立てれば、今度は指先が蝶に覆われていった。

「やめろっ、やめろ……っ！　やめてくれぇぇぇ……っ‼」

悲鳴をあげる口も、振り回された手足も、全て白い蝶が覆ってしまう。

そうして遂《つい》に身動きの取れなくなったソーンリーは、辛うじて覆われずに残った右目で、自分をこんな目に遭わせた魔女の姿をその目に焼きつけた。

幼い顔立ちと痩《や》せた体の、小さな少女。

無表情にソーンリーを見据える茶色がかった緑の目は、白い蝶の輝きを反射して宝石のようにきらめいている。

少女の姿をしたバケモノ――〈沈黙の魔女〉は静かな声で、無慈悲に告げた。

「効果時間はきっかり二四時間。貴方は――……の、夢を見ます」

＊＊＊

ヴィクター・ソーンリーは草原に立っていた。

彼はその草原を知っている。故郷の草原だ。

あぁ、しかし、何故自分はこんな何もないど田舎《いなか》にいるのだろう。自分はこんなところで埋もれていて良い人間ではないというのに。

（金だ、金が足りない。魔術研究には、とにかく金がいる。金があればきっと、もっと素晴らしい研究ができる。そうすればきっと〈沈黙の魔女〉に書き換えられた私の威光を取り戻せる……）

そのために愚かなアーロン・オブライエンを唆し、セレンディア学園の莫大《ばくだい》な金に手をつけたのだ。それなのに、あの目敏《めざと》い王子はアーロンの着服に気づいてしまった。

クロックフォード公爵の傀儡《かいらい》でしかない、お飾りの王子のくせに！

（ならば、次は副会長のシリル・アシュリーだ。あいつは私が着服していることに気づいてしまった。記憶を消すなんて生温《なまぬる》かったな。いっそ、洗脳してしまえばいいのだ。いや、むしろ生徒会長である第二王子を洗脳するのはどうだ？　そうすれば、学園の金など使い放題！　私は一生安泰だ。あぁ、どうしてこんな簡単なことに気づかなかったのだろう。そうだ、第二王子を私の傀儡にしてしまえばいい！　そうして……あぁそうだ、早く研究を再開しなくては！）

意気揚々と歩きだしたソーンリーは、目の前に何かがいることに気がついた。

あれは……

「ぶひ」

豚だ。

(何故、こんなところに豚が？)

何気なく足を止めて目を擦《こす》ると、いつの間にか豚は二匹に増えていた。どこから湧いて出てきたのかと首を捻《ひね》っていると、豚はどんどん増えていく。

二匹が三匹に、三匹が五匹に、五匹が八匹に、八匹が一三匹に……。

いつの間にか、ソーンリーの周囲は豚で埋め尽くされていた。

右を見ても左を見ても前を見ても後ろを見ても、見渡す限りの豚、豚、豚、豚……。

やがて遠くから馬車の車輪の音が聞こえると、音の方へ豚達は一斉に歩き始める。その間も、豚はどんどん増殖を続けていた。

「なっ、おい、やめろ、止まれ……っ！　やめろっ、誰か……っ、誰かぁぁぁぁぁぁ‼」

ソーンリーの目に映る世界は、もはや地平線の果てまで豚で埋め尽くされている。

金切り声をあげるソーンリーの体は豚の群れに埋もれ、やがて見えなくなった。

＊＊＊

白目を剥いて泡を吹くソーンリーを前に、モニカはしゃがみこんで頭を抱えていた。

「ど、どうしようぅぅぅ、やりすぎたぁぁぁ……」

ソーンリーがあんまり不完全な魔術式を見せびらかすものだから、モニカはついむきになってしまったのだ。

リディル王国では、精神干渉術式は重犯罪者に対する取調べ、或《あ》いは国家の有事においてのみ、魔術師組合もしくは七賢人の許可のもと、使用を認めるとされている。

「……えっと、ソーンリー先生は間接的に王族に危害を加えたし、重犯罪者、でいいのかな？　一応、七賢人は特例があったから、この場合は法律違反にならないと思うけど……だ、駄目だったらどうしよう……ルイスさんに怒られるぅぅぅ……あれっ、これってもしかして、しょしょしょ処刑案件……っ⁉」

半泣きでブツブツと呟《つぶや》くモニカの肩を、背後に佇《たたず》むリンが叩《たた》いた。

「おそらく、ルイス殿ならこう仰《おっしゃ》られるでしょう」

そしてリンは、己の胸元に手を当てて一言。

「『バレなきゃ良いんですよ。バレなきゃ』」

ルイス・ミラーの美しくも邪悪な笑顔が、目に浮かぶようであった。

モニカが服の袖《そで》で涙を拭《ぬぐ》っていると、リンは白目を剥いているソーンリーを軽々と肩に担ぐ。

「この人間は、ルイス殿の元へお届けいたします。恐らくルイス殿が拷問……尋問にかけて、適切に処理するかと」

「よ、よろしくお願いします……」

ヴィクター・ソーンリーが着服の共犯者であることはさておき、準禁術である精神干渉魔術を許可無く使用した件は、魔術師組合からの処分は必至。

突然の教師の失踪《しっそう》に、学園側には混乱が生じるかもしれないが、そこはルイスがきっとどうにかしてくれるだろう。多分。

モニカが胸を撫《な》でおろしていると、リンの肩に担がれたソーンリーが「豚が……豚がぁ……」とうわごとを口にした。

リンが首を傾け、モニカに訊《たず》ねる。

「この方は、一体どのような夢を見られているのでしょうか？」

「えっと、それは……」

モニカはもじもじと指をこね、少しだけはにかみながら言った。

「とっても美しい、数列の夢です」

エピローグ　記憶の中の小さな手

寮の自室に戻ったモニカがルイスに提出する報告書を書き終えた頃《ころ》には、すっかり夜が明けていた。

山小屋で暮らしていた頃は、徹夜なんて日常茶飯事だったのだが、ここしばらくは規則正しい生活をしていたので、頭が重い。

フラフラした足取りで教室に行って、ラナに今日も髪型のダメ出しをされて、ソーンリー教諭の突然の失踪にざわめくクラスメイトを横目に授業を受ける。

そうして眠気と戦いながら授業を終えたモニカは欠伸《あくび》を噛《か》み殺《ころ》し、重い足を引きずりながら生徒会室へ向かった。

生徒会室はまだ、誰《だれ》も来ていないようだった。どうやら今日はモニカが一番乗りらしい。

モニカはシリルに教わった通りに生徒会室を簡単に掃除し、備品の補充を済ませると、帳簿を開く。

しかし、いつもなら数字を見れば意識が冴《さ》えるのに、今は数字が全く頭に入ってこなかった。

（……あぁ、そっか。昨日《きのう》は魔術を沢山使ったから……糖分が足りてないんだ）

食べることに無頓着《むとんちゃく》のモニカは、常に最低限の食事しか摂取していない。

朝は夕食の残りのパン一つとコーヒー。昼食は持参した木の実と水。普段はこれで持つのだが、魔術を沢山使った日は、これでは足りなくなる。

魔術の行使は、とにかくエネルギーを使うのだ。故に、魔術師には甘い物好きが多いと言われている。

ルイスなども、よくポケットの中にロザリー夫人手製の焼き菓子などをしのばせていて、たまにモニカが力尽きていると、菓子を口に放り込んでくれたものである。

（……わたし、何か食べる物、持ってたっけ……）

モニカはポケットを漁《あさ》ったが、木の実は昼に全部食べてしまったので空っぽだ。

あと少し、生徒会の仕事が終わるまでの辛抱……と自分に言い聞かせるも、モニカは眠気に負けて、机に突っ伏す。


モニカが帳簿に突っ伏して寝息を立てた頃、生徒会室の扉が開いた。

扉を開けたのは、生徒会副会長シリル・アシュリー。

二番目に生徒会室に到着した彼は、机に突っ伏しているモニカに気づくと、キリキリと眉《まゆ》を吊《つ》り上《あ》げる。

そうして、モニカを怒鳴ろうと口を開きかけ……口を噤《つぐ》んだ。

「…………」

シリルは無意識に足音を殺して机に近づき、モニカの姿を見下ろす。

——貧相な、小娘だ。

痩せっぽっちの小さな体は、とても一七の少女のそれとは思えない。

顔色は青白く、長い前髪の下の目は、いつもおどおどと下を向いている。

貴族らしい気品も美しさもない、どこにでもいる、つまらない少女だ。

シリルは羽根ペンを握ったままのモニカの右手を、じっと見下ろす。

大半の女子生徒は自分用にオーダーした特注の手袋をつけており、縁に刺繍《ししゅう》をしたり、レースやリボンを飾っているものだが、モニカの手袋は飾り気のない白手袋だ。

手袋はサイズが合っていないのか、少し布地が余っている。それだけ小さい手なのだ。まるで子どものように。

その時、シリルの脳裏を昨日の夜の光景がよぎった。

魔術でシリルを圧倒した小さなバケモノ。

倒れたシリルに伸ばされた手は、子どもみたいに小さいくせに、不釣り合いに立派なペンダコがあった。あれは、毎日何時間もペンを握っていた人間の手だ。

シリルはモニカの手からそっと羽根ペンを抜き取って、ペン立てに戻した。

ペンを抜き取った拍子にモニカの右手から力が抜けて、指先がくたりと机に伸びる。

シリルはその手の小ささを確かめるように、自身の右手でモニカの右手を覆い、手袋の縁に指をかけ……

「おや、シリル。もう来てたのかい？」

背後からフェリクスの声が聞こえた瞬間、シリルは勢いよく机から跳びすさった。

「殿下これは違うのですこの小娘が神聖な生徒会室でうたた寝などしているから叩き起こしてやろ

うと思ってですね！　えぇい、いい加減に起きんか小娘ぇ！」

シリルは不自然に持ち上げた右手で、モニカの頭をペチペチと叩いた。

机に突っ伏していたモニカはムニャムニャ言いながら上半身を起こすと、まだとろりと微睡《まどろ》んでいる目でシリルを見上げる。

「……あしゅりぃさま？」

「ふ、ふんっ、なんだその腑抜《ふぬ》けた面は！　殿下の御前だぞ！　背筋を伸ばさんか！」

シリルがモニカの肩を掴《つか》んでガクガクと揺さぶると、モニカはシリルの顔をじぃっと見上げ……へにゃりと笑った。

「……ひんやりしてない……よかったぁ」

シリルの濃いブルーの目が大きく見開かれ、モニカを揺さぶる手が止まる。彼の手は、無意識に襟元のブローチに伸びていた。

シリルの口がパクパクと動き、何か言葉を発しようとした時……横から伸びてきたフェリクスの手が、モニカの口にクッキーを一つ放り込む。

モニカはうとうととしたまま、クッキーをサクサクサクサクとかじった。

フェリクスは端から徐々に小さくなっていくクッキーのかけらをモニカの口に押し込み、また新しいクッキーを取り出してモニカの口元に近づける。

ふに、と唇を押すクッキーに気づいたモニカは、やはりうとうとしたまま二枚目のクッキーをかじり始めた。

「面白いな。寝ぼけながら口だけ動いてる」

「あの、で、殿下……？」

「シリルもやってみるかい？」

まるで、ペットとの触れ合いに誘うような口調に、シリルは「遠慮いたします」と首を横に振る。

フェリクスが三枚目のクッキーに手をかけた時、モニカの首がカクンと揺れて、その目が少しだけ開いた。

いかにも寝起きらしく、モニカは目元を擦って不明瞭《ふめいりょう》な声でむにゃむにゃと何事かを呟いている。


シリルは知る由も無いことだが、モニカはこの時、夢の中でも報告書を書いていた。

モニカにとって報告書の作成は、非常に苦手な作業の一つである。

数字や記録の解説は苦ではないのだが、起こった出来事を順序立てて文章で説明するのが、モニカはあまり得意ではないのだ。

（うぅ、何から書き始めればいいか、分からない……）

頭を抱えていると、どこからともなく現れたルイスがニコリと微笑《ほほえ》む。

『さて、同期殿。何を書くべきか……分かっておりますな？』

あぁ、ちゃんとした報告書を書かないとルイスに怒られてしまう。だが、一体何から書き始めればいいのだろう？

（あ、そうだ。これだけはルイスさんに伝えなきゃ……）

大事なことを思い出したモニカは、目の前にいる人物に、それを告げた。

「……奥様のご懐妊、おめでとうございます」

「誰の話だぁぁぁぁぁぁっ⁉」

叫ぶシリルに、フェリクスが真面目くさった顔で言う。

「シリル、相手は誰なんだい？　きちんと責任は取らなくてはいけないよ？」

「あぁっ、殿下⁉　違うのです、誤解です、この小娘が寝ぼけて戯言《たわごと》をっ……！」

顔を赤くしたり青くしたりと忙しいシリルは、フェリクスにからかわれていることにも気づかず、必死で弁明をまくしたてている。

その間もモニカはうつらうつらしながら、ミラー家に子どもが誕生したら、お祝いの品は何が良いだろうかと考えていた。

＊　＊　＊

モニカがソーンリーをルイスに引き渡して一週間が経《た》ったある日、新聞にソーンリーの名前が載った。

『セレンディア学園の教師、準禁術使用罪で逮捕⁉』

新聞は王都にある大手新聞社が発行しているもので、セレンディア学園内でも、ちょっとした話題となった。

特にモニカ達のクラスはソーンリー教諭が担任だっただけに、クラスメイト達の動揺も大きい。

「まさかソーンリー先生がそんなことをしてたなんて、怖いわねぇ……モニカ、右の三つ編み解けてるわよ」

「ふぇっ⁉　あっ、わっ、わわ……っ」

ラナに見てもらいながら髪を編んでいたモニカは、崩れた三つ編みを慌てて手で押さえた。

だが奮闘も虚《むな》しく、三つ編みはモニカの手の中でボロボロと崩れていく。またやり直しだ。

髪をざっくり二つに分けて適当に三つ編みをするだけなら簡単なのだが、横髪を頭に沿うように三つ編みにするとなると、だいぶ勝手が違う。

「……うぅっ、やっぱり難しい……」

ラナは三つ編みをふんわり崩すのが可愛《かわい》いのだと言うけれど、モニカがやると自然とグッチャリ崩れてくるのである。わざと崩すのと自然崩壊するのとでは、まるで別物だ。

モニカはションボリ項垂《うなだ》れながら、もう一度サイドの三つ編みを編み直す。

「そういえば、新聞に書いてあったのだけど……ソーンリー先生を逮捕したのって、七賢人様なんですって」

「へぅっ⁉」

モニカの手の中から髪の束が落ちる。

ラナはモニカが顔を引きつらせていることに気づかぬまま、頬杖《ほおづえ》をついて、ほぅっと息を吐いた。

「七賢人の〈結界の魔術師〉ルイス・ミラー様よ。聞いたことない？　わたしは王都のパーティで一度だけ見たことがあるんだけど、とってもお洒落《しゃれ》で素敵な方だったわ」

「あ、えっと、そそそう、なんだぁ……」

魔術師というのは、意外と社交界に出る機会が多い。まして魔術師の頂点に立つ七賢人は、王の相談役とも言われる存在なのだ。社交界に出れば当然に注目の的となる。

もっともモニカは、この手のパーティに一度も出たことがないけれど。

「やっぱり、七賢人で一番有名なのは〈結界の魔術師〉様と〈星詠みの魔女〉様よねぇ。あとは〈茨《いばら》の魔女〉様と〈砲弾の魔術師〉様と……」

「あ、あのっ‼」

突然大きな声をあげたモニカに、ラナが怪訝《けげん》そうな顔をする。

モニカは顔を真《ま》っ赤《か》にしながら、編んだばかりの三つ編みをラナに見せた。

「こっ、この三つ編み、比率も角度も、渾身《こんしん》の出来なんだけど……どう、かなっ？」

モニカが上目づかいにラナを見れば、ラナは「上出来」と言ってニッコリ微笑んだ。

＊　＊　＊

ソーンリー教諭の逮捕で、モニカのクラス以上に影響を受けたのは他でもない生徒会だった。

ソーンリー教諭は生徒会の顧問だったから、当然と言えば当然だ。

おまけに生徒会予算の着服にも関わっていたことが判明したため、この一週間は生徒会室に様々な教員が出入りし、慌ただしいことこの上なかった。

「し、失礼します……」

放課後、生徒会室を訪れたモニカは恐る恐る扉を開ける。

室内に教師達の姿はなく、奥の執務机にフェリクスが座っているだけだった。

「今日は、先生達は、来てないんです、ね」

モニカがぎこちなくそう言うと、フェリクスは穏やかに頷《うなず》いた。

「あぁ、とりあえずは一段落だ。君も連日大変だったろう？」

「い、いえ、大したことは、してない、ので」

教師達が慌ただしく出入りしているのも落ち着かないが、この王子様と二人きりというのも何やら落ち着かない。

モニカはなるべくフェリクスと視線を合わせないようにしつつ、今日使う分の資料の用意を始めた。

そんなモニカの背中に、フェリクスが声をかける。

「おや、ノートン嬢。三つ編みが解けかかってるよ」

「ふぇっ⁉」

モニカが慌てて頭に手を当てると、右の三つ編みがボロリと解ける感覚があった。

「そ、そんな……っ、今度こそ完璧《かんぺき》だと思ったのに……」

数式も魔術式も完璧に扱えるモニカだが、三つ編みに関してはまだまだ研究が足りないらしい。

角度は完璧だったけど、編み始めの位置が悪かったのだろうか。それとも、もう少しきつく編むべきだったか……。

うーうーと唸《うな》りながら、モニカは髪を解いて編み直すが、櫛《くし》が無いからどうにも上手《うま》くいかない。

「ノートン嬢、手伝おうか？」

「い、いえっ、殿下のお手を煩わせるわけには、いきません、からっ」

もし、フェリクスに手伝ってもらったことがシリルにバレたら、また不敬だと叱《しか》られてしまう。

モニカがキッパリ断ると、フェリクスは「ふぅん？」と呟《つぶや》き、意味深に目を細めた。

「そろそろシリルか、ブリジット嬢が来る頃《ころ》だね。あの二人は身嗜《みだしな》みには厳しいから……見つかったら大変だ」

「……あぅ」

「化粧室に駆け込む？　あぁでも、その髪で廊下を歩いて、誰かに見られたら恥ずかしいね？」

「……うぅ」

焦れば焦るほど、髪の毛は指の隙間《すきま》からこぼれ落ちていく。

フェリクスが勝利を確信した顔で微笑《ほほえ》み、モニカを手招きした。

「おいで。シリル達には黙っていてあげるから」

モニカがビクビクしながらフェリクスに近づくと、フェリクスは自分の椅子にモニカを座らせ、その背後に立って髪を編み始めた。

まずは手櫛でモニカの髪を整え、横の髪を素早く三つ編みにし、残した髪の束と一緒にまとめて、リボンを結う。その手つきは淀《よど》みない。

「できた」

ほんの二分とかからずに、フェリクスはモニカの髪を編み終えた。

モニカは恐る恐る髪に触れる。三つ編みは指先で撫《な》でても、簡単に崩れたりはしなかった。

「……すごい。殿下は、器用、なんですね」

「王子様は、なんでも完璧にできないといけないからね」

なるほど、王子様というのは三つ編みも完璧にできないといけないらしい。

魔術や数学を極めるよりも大変そう、などと斜め上のことを考えていたモニカは、ふと自分がまだフェリクスにお礼を言っていないことを思い出した。

「あのっ、えっと、あ、ありがとう、ございましたっ」

「うん、どういたしまして」

フェリクスがモニカと入れ替わり席に戻ったところで、他の生徒会役員達が次々にやってきた。

モニカが慌てて自分の席に着席すると、エリオットがげんなりした顔で言う。

「あぁ、まったく、連日ソーンリー先生の後始末で嫌になるね。しかも聞いたか？　あの人、生徒会の予算を着服してただけじゃなく、準禁術にも手を出してたらしいぜ」

エリオットの愚痴に、小柄なニールが相槌《あいづち》を打つ。

「どうやら、着服したお金で魔術の研究をしていたらしいですね。魔術研究はお金がかかりますから」

「そんなに金に困ってたのかねぇ……ソーンリー先生の実家ってどこだ？」

首を捻《ひね》るエリオットに、美貌《びぼう》の令嬢ブリジットが「ルーベン」と短く告げた。

その地名を聞いたエリオットが納得顔になる。

「あぁ、成程。あの辺は元々裕福じゃないし、今年は竜害が多かったもんなぁ……まぁなんにせよ、身の丈に合わないモンに手を出そうとするから、こうなるのさ。自業自得だ」

エリオットが垂れ目を眇《すが》めて薄く笑うと、シリルが書類を手に口を開いた。

「アーロン・オブライエン元会計の不正に続き、生徒会顧問であるソーンリー教諭の逮捕で、生徒会の信用が著しく揺らいでいる。これからは一層気を引き締めて、職務にあたる必要があるだろう」

シリルの言葉に室内の空気が引き締まる。

そんな中、フェリクスが何故かモニカの方を見ながら、穏やかな声で告げた。

「そうだね、シリルの言うとおりだ。じゃあそういうわけだから、ノートン嬢」

何が「そういうわけだから」なのだろう？　疑問に思いつつ、モニカは背筋を伸ばす。

「は、はいっ」

「クラブ長の元に、挨拶《あいさつ》まわりに行ってくれるかな？」

「挨拶、まわり……っ？」

「うん、新会計の顔見せがまだだからね。クラブ長との信頼関係を築くのは、とても重要だよ」

そう言って、フェリクスはモニカにリストを突きつける。リストには、セレンディア学園の主要クラブの名前がずらりと記載されていた。

他の生徒会役員と違い、中途半端な時期に役員になったモニカは、当然だが顔が知られていない。特に予算を扱う会計はクラブ長と接する機会も多くなるので、顔を見せておく必要があるのだという。

だが初対面の人間への挨拶や自己紹介は、モニカが最も苦手とするところである。それを二〇近くあるクラブの数だけ、こなさねばならないのだ。

モニカが顔を引きつらせて硬直していると、フェリクスはモニカの手にリストを握らせた。

ついでにモニカを励ますかのように、フェリクスはモニカの小さな手を両手で覆い、柔らかく微笑む。

「大丈夫だよ、今日の君は、とびきり可愛《かわい》いからね。自信をもって挨拶に行くといい」

言っていることと、やっていることは、モニカを勇気づけようとしているように見えるが、モニカには「なにせ、この私が自ら髪を編んであげたのだからね」という幻聴が聞こえた。

無論、完璧なこの王子様は、モニカにそんな恩着せがましいことを言ったりはしないけれど。

モニカがリストを手に硬直していると、モニカの手からヒョイとリストが抜き取られた。

リストを抜き取り、紙面を眺めているのはシリルだ。

「このクラブ全《すべ》てを回るのなら、すぐにでも始めた方が良い。私も同行しよう」

シリルの言葉に驚いたのはモニカだけじゃない。

エリオットが垂れ目を見開き、意外そうな顔でシリルを見た。

「ずいぶん親切だな。どういう風の吹き回しだ？」

「この一週間、モニカ・ノートンの仕事ぶりを見た上で、新会計として紹介するに値すると判断したまでだ」

シリルの言葉に、モニカはポカンとする。

この一週間、シリルはモニカと顔を合わせるたびに「殿下への敬意が足りない！」「いちいち口ごもるな！」と、モニカを叱っていた。

きっとモニカが会計として相応《ふさわ》しくないから、シリルはいつも怒っているのだと、そう思っていたのに。

驚き立ち尽くすモニカを、シリルがジロリと睨《にら》む。

「そういうわけだから、早速挨拶まわりに行くぞ。よもや『できない』などと言うまいな？」

モニカの脳裏に蘇《よみがえ》るのは、一週間前の夜の出来事。

シリルが意識を失う前に口にしていた言葉。

――『できない』では駄目なんだ。

――期待に、応《こた》え、ないと……。

この人は誰かの期待に応えたくて、意識を失う直前まで背筋を伸ばそうとしていた。あんなにも全身を魔力で蝕《むしば》まれながら。

……その姿を見て、モニカは素直に「すごいなぁ」と思ったのだ。

そして、そんなすごい人が、モニカのことを会計として認めると言ってくれている。

モニカは指をこねながら、必死で言葉を絞り出した。

「その……えっと……が、がが、頑張り、まひゅっ」

最終的に噛《か》んだ。

赤面して俯《うつむ》くモニカに、シリルは少しだけ目を見開く。

そして彼はフンと高慢に鼻を鳴らすと、勢いよく歩きだした。

「ならいい。行くぞ、ノートン会計！」

ノートン会計。初めて呼ばれた役職名に、モニカは口の端をむずむずさせながら、自分に出せる精一杯大きな声で返事をした。

「……はいっ！」

【シークレット・エピソード】

沈黙の魔女の報告書

Report of the Silent Witch

『ルイスさんへ

奥様のご懐妊おめでとうございます。

お子さんが生まれた時のお祝いの品は、数学の入門書で良いでしょうか？

ルイスさんのお好きな数学書があったら、教えてください。


任務についてですが、色々あって生徒会の会計になりました。

殿下と同じ生徒会役員なので、護衛がしやすくなったと思います。


最後にヴィクター・ソーンリー教諭が起こした一連の事件についてです。

ソーンリー教諭は、生徒会元会計アーロン・オブライエンさんと手を組んで学園の予算を着服していました。

そしたら着服がばれそうになったので、自分が協力者であるというアーロンさんの記憶を消して、全ての罪を着せようとしたみたいです。

だけど、精神干渉術式は完璧《かんぺき》ではなかったので、アーロンさんは共犯者がいると周囲に主張してしまいました。

このままでは自分が共犯者だとばれてしまうかもしれないと考えたソーンリー教諭は、アーロンさんの婚約者のセルマ・カーシュ嬢に精神干渉魔術を使い、セルマ嬢が暴走するように仕向けたようです。

更にソーンリー教諭は、生徒会副会長のシリル・アシュリー様にも精神干渉魔術を使い、改竄《かいざん》した資料を持ち出そうとしました。

そこをわたしが現行犯で捕まえました。ちょっとやりすぎました。ごめんなさい。

報告は以上です。

学園生活大変です。でも、もうちょっとだけ、がんばってみます。

〈沈黙の魔女〉モニカ・エヴァレット』

モニカがヴィクター・ソーンリーの身柄をルイスに引き渡して一週間。

〈結界の魔術師〉ルイス・ミラーはソーンリーの身柄を魔術師組合に引き渡したり、余罪の調査をしたり、新聞社に情報をリークしたりと忙しい日々を過ごしていた。

それらがようやく一段落したところで、改めてモニカの報告書を読み直したルイスは、何回読んでも脱力する内容にため息をつく。

報告書には書き損じた跡がいくつもあるから、モニカなりに相当言葉を選んだのだろう……だが、しかし。

「何回読んでも、褒めるところが最初の一行しかないではありませんか」

「最初の一行」

ルイスの背後に控えていたリンが復唱したので、ルイスはフンと鼻を鳴らした。

「真っ先に祝いの言葉を述べたことは褒めてやりましょう。しかし、あの小娘、論文の文章は理路整然としているくせに、なんですか、このぐっちゃぐちゃな報告書は……！」

口頭報告よりはいくらかマシなのだろうけれど、それにしてもこれが七賢人の報告書とは、なんとも嘆かわしい限りである。

「この短期間で生徒会役員に就任など、私ですら予想しなかった快挙ではありませんか。そういうところを具体的に書けば良いものを……なんだって『色々あって』の一言で済ませてしまうのやら……褒められ下手《べた》にも程がある」

生徒会役員になったということは、生徒会長である第二王子の信頼を勝ち取ったということだ。

更にモニカは、第二王子の周囲にいたキナ臭い人物を排除することにも成功した。正直、ルイスが想像していた以上の成果である。

（……念のためにうちの弟子を潜入させておいたとはいえ、よもやこの短期間で、ここまでの成果をあげるとは……）

ルイスは最後にもう一度報告書を読み直すと、それを燭台《しょくだい》の火にくべた。

報告書が完全に灰になったのを確認し、ルイスは別の書類に目をやる。

書類はヴィクター・ソーンリーの今後の処遇に関するものだ。魔術師資格は永久剥奪《はくだつ》。その上で国外追放が妥当なところだろう。

魔術師としてのプライドを木っ端微塵《みじん》にされたソーンリーは、取調べに素直に応じているらしい。

ただ、ことあるごとに「豚が……豚が……」と謎のうわごとを繰り返しているとかなんとか。

「それにしても、あの小娘はヴィクター・ソーンリーに何の夢を見せたのでしょう？」

「なんでも、ミスター・サムなる人物の豚の歌だとか」

リンの言葉に、ルイスは怪訝《けげん》そうに眉《まゆ》をひそめた。

「あれは売られていく豚の歌ですよ。あの小娘、人畜無害な顔して随分とえげつない歌を……」

モニカ・エヴァレットの思考回路は、ルイスにはどうにも理解不能である。

ルイスが呆《あき》れ顔《がお》で椅子の背にもたれていると、リンが「どうぞ」と紅茶のカップをルイスの前に置いた。

ルイスは文机《ふづくえ》の引き出しを開け、とっておきの苺《いちご》ジャムを取り出す。そして瓶の蓋《ふた》を開けて、ジャムをダバダバと紅茶のカップに流し込み、ティースプーンで上品にかき混ぜた。

妻には甘い物とアルコールは程々にと言われているが、やはり頭脳労働をした後には甘い物が一番である。

もはや紅茶の風味などほぼ残っていない紅茶を満足げに啜《すす》っていると、リンが口を挟んだ。

「ところでわたくし、ルイス殿にお訊《き》きしたいことがあります」

「なんです。くだらぬ質問なら張り倒しますよ」

ルイスは紅茶を啜りながら、片眼鏡《かためがね》の奥の目をくるりと回してリンを睨んだ。だが、神経の図太い──否、そもそも人間と同じ神経など持ち合わせていない精霊は、マイペースに言葉を続ける。

「何故《なぜ》、第二王子の護衛を〈沈黙の魔女〉殿に依頼したのですか?」

「お前の見解を述べなさい、リィンズベルフィード」

表情の乏しいルイスの契約精霊は、本で読んだ人間の仕草を真似《まね》て、人間らしく振る舞おうとする癖があった。

今もリンは顔のパーツを一切動かさず、顎《あご》に指を添えて考えこむ仕草をし、やがて何かを思いついたかのようにポンと手を叩《たた》く。

「ルイス殿は第二王子護衛任務を受けた際、防御結界の魔導具を徹夜で作製。それを第二王子に贈るも、あっさり壊され、大層腹を立てておられました」

「そんなこともありましたね」

「かくして怒り心頭のルイス殿は、気の弱い〈沈黙の魔女〉殿に八つ当たりをすることで、鬱憤《うっぷん》を晴らそうとした……というのが、わたくしの見解です」

主人を主人と思わぬような暴言である。

そもそもルイスをご主人様と呼ばないあたり、この精霊はルイスを敬う気など、さらさら無いのだ。

ルイスはカップをソーサーに戻し、じとりとリンを睨んだ。

「お前は私をなんだと思っているのですか」

「弱い者いじめが好きな性格破綻《はたん》者だと、各方面よりうかがっております」

暴言に次ぐ暴言にルイスは美しい顔をしかめ、大袈裟《おおげさ》に悲しげな素振りをした。

「おぉ、なんと嘆かわしい。皆、私のことを誤解しているのです」

誤解、と復唱するリンに、ルイスはゆっくりと唇の端を持ち上げ微笑《ほほえ》む。

片眼鏡の奥で、灰色がかった紫の目がギラリと好戦的に輝いた。

「弱い者をいじめるより、強い者をいじめる方が、楽しいに決まっているではありませんか」

発想が物騒な上に性格破綻者の部分が否定できていない、結構な迷言である。

凶悪なルイスの笑顔を前にしても変わらず無表情のリンは、ことりと首を傾けた。

「〈沈黙の魔女〉殿を粘着質にいたぶっているルイス殿は、弱い者いじめを心から楽しんでいたように、お見受けいたしますが」

「あれが弱者？　お前は何を言っているのです？」

「〈沈黙の魔女〉殿は、自分が補欠合格の七賢人だと仰《おつしや》られていました」

補欠合格。その一言にルイスは唇の端を皮肉げに歪《ゆが》めた。

今から二年前、当時七賢人だった〈治水の魔術師〉の引退が決まり、入れ替わりで就任する七賢人を決めるために選考会が行われた。

合格枠は、元々は一つだけだったのだ。ところが当時高齢だった別の七賢人が急病で引退し、合格枠は二つになった。

そうして選ばれた二人が〈結界の魔術師〉ルイス・ミラーと〈沈黙の魔女〉モニカ・エヴァレットだ。

選考会の内容は面接と、魔法攻撃のみを用いた実戦。

この面接でモニカは緊張のあまり過呼吸を起こし、白目を剥《む》いて卒倒するという珍騒動を起こしていた。だから、モニカは自分が補欠合格だと思いこんでいるのだろう。

だがルイスとモニカのどちらが優秀だったかについて、選考役の七賢人達は誰《だれ》も、何も言っていないのだ。

「……あの小娘は、自分が補欠合格だと思いこんでいるようですけどね。はてさて、真実はどうだったのやら」

なるほど確かに、モニカは面接で大失態を犯した。

だが、それでもなお七賢人に選ばれたのには、相応の理由があるのだ。

ルイスは目を閉じ、二年前の実戦試験の光景を思い出す。

ルイスは魔法兵団の元団長だ。竜討伐の実績もそれなりにあったし、実戦ではほぼ負け知らず。

戦闘経験の少ない小娘など、取るに足らない相手だと高を括《くく》っていた。

ところが、あの小娘ときたら！

モニカはピィピィヒンヒンと鼻水を垂らして泣き喚《わめ》きながら、桁違《けたちが》いに強力な攻撃魔術を次々と繰りだし、遂《つい》にはルイスを完封した。

武闘派で知られるルイスが、当時一五歳だったちっぽけな少女に手も足も出なかったのだ。

魔術は高威力、広範囲だったり、追尾などの特殊効果があると、それだけ詠唱が長くなる。

それなのに〈沈黙の魔女〉は、高威力かつ広範囲で、しかも特殊効果がてんこ盛りの魔術を無詠唱でやってのけたのだ。

ルイス・ミラーは己が天才であると自負している。

だが己が天才なら、モニカは……。

「〈結界の魔術師〉ルイス・ミラーが断言しましょう。アレはバケモノです」

人と目を合わせられず、いつも俯《うつむ》いてビクビクオドオドしている小さな少女を、ルイスはバケモノだと力強く断言する。

ルイスは実技試験であれだけ力の差を見せつけておきながら、自分は補欠合格だと言い張るモニカの卑屈さが気に入らなかった。

だから少しでもモニカに自信を持たせようと、ウォーガンの黒竜退治に引きずっていったのに、黒竜を撃退した後は、逃げるように山小屋に引きこもる始末。

（あの小娘が卑屈すぎると、敗北した私の立場がないではありませんか）

ルイスはまた一口紅茶を啜り、目を細める。

「この任務、失敗すれば最悪処刑……と同期殿には言いましたが、恐らくそうなる可能性は低いでしょう」

「何故です？」

「陛下は私に『第二王子を内密に護衛せよ』と命じましたけどね、私は陛下のお言葉を額面通りに受け取ってはいないのですよ……『第二王子を秘密裏に監視せよ』——それが、陛下の本音だと私は思っています」

第二王子は優秀な人間だ。座学も剣術も優れており、まだ在学中の身でありながら、高い外交力で国内外の貴族から信用と信頼を得ている。

なにより母親譲りのその美しい容姿と柔らかな笑顔は、見る者全《すべ》てを魅了すると評判だ。

そつなく全てをこなし、人心掌握に長《た》けている。

そして国内で最も権力のある大貴族クロックフォード公爵が祖父で、その後ろ盾を持つ王子、それがフェリクス・アーク・リディルである。

（……だが、得体が知れない）

人当たりの良い柔らかな笑顔の下に、何かおぞましいものが蠢《うごめ》いているような──そういった不気味さをルイスはフェリクスに感じた。

だがルイスがその違和感の正体を探ろうとすると、フェリクスは柔らかな笑顔で、するりするりとかわしてしまう。

「第二王子はなかなかの食わせ者です。正攻法では裏をかけない」

だからこそ、ルイスはモニカを協力者に選んだのだ。

バケモノじみた才能と、それに見合わぬ内気な性格を持つ、何もかもがチグハグなあの娘を。

「言ったでしょう？　私は強い者いじめがしたいのですよ」

「つまり、強い者である第二王子と〈沈黙の魔女〉殿を、同時にいじめてやろうと」

ルイスは正解とは言わず、ただニッコリと美しく微笑む。

そうしてルイスは、話はこれで終わりだとばかりにリンに背を向け、中身が半分ほど減ったティーカップに追加のジャムを投入した。もはや、ほぼジャムである。

リンはそんなルイスを無表情に眺め、力強く頷《うなず》いた。

「納得しました。ルイス殿の評価を『強い者いじめが好きな性格破綻者』に訂正いたします」

「性格破綻者の部分も訂正なさい、駄メイド」

＊＊＊

ルイス・ミラーがジャム入り紅茶を美味《おい》しそうに飲んでいた頃《ころ》、くだんの第二王子フェリクス・アーク・リディルもまた、寮の自室でウィルディアヌの淹《い》れた紅茶を飲んでいた。

無論、彼はジャムをひと瓶丸ごと投入するような非常識な真似などしない。

角砂糖を一つ溶かした紅茶を飲みながら、フェリクスはおっとりと呟《つぶや》く。

「ソーンリー教諭の後始末も、ようやく一段落といったところかな。クラブ長達への挨拶《あいさつ》まわりも問題なく終わったみたいだし」

極度の人見知りであるモニカだが、無事、今日中に全ての挨拶まわりを終えて、シリルと共に生徒会室に戻ってきた。やはり、シリルにモニカの世話を任せて正解だったとフェリクスは小さく微笑む。

シリルはあれで面倒見が良いし、世話焼きだ。なにより、身分よりも実力で人を公平に評価することができる。

フェリクスへの忠誠心が厚すぎて、たまに暴走してしまうのが難点ではあるけれど。

「エリオットとブリジット嬢は、まだノートン嬢を認めていないようだけど……まぁ、新生徒会は問題なく機能するだろう」

とりあえずはこれで、一件落着というわけだ。

フェリクスが紅茶を飲み干すと、侍従に化けたウィルディアヌが控えめに口を挟んだ。

「少し意外です。今回の件、クロックフォード公爵が、貴方《あなた》を責めるのではないかと思っていたのですが……」

「まぁ確かに、学園内での不始末は、私の管理不足と言われても仕方ないけれど」

クロックフォード公爵は、フェリクスの母方の祖父であり、この国でも有数の権力者だ。そして、セレンディア学園の実質的支配者でもある。

第二王子のフェリクスでも、クロックフォード公爵に歯向かうことはできない。

故に、一部の人間はフェリクスのことをこう呼ぶのだ。

傀儡《かいらい》の王子、クロックフォード公爵の犬……と。

「今回ばかりは、公爵も私に当たり散らすことはできないだろうね。なにせ、ソーンリー教諭を採用し、オブライエン元会計を生徒会役員に選ぶよう命じたのは、他でもない公爵その人だ」

ソーンリー教諭を逮捕した〈結界の魔術師〉は、さぞクロックフォード公爵に恨まれていることだろう。

「それにしても残念だな。ソーンリー教諭には、アーロン・オブライエン同様、直々に手を下したかったのに」

「あの人間も着服に関わっていたことを、ご存知《ぞんじ》だったのですか」

「あぁ、そろそろ尻尾《しっぽ》を出す頃だと思っていたのだけど、獲物を横取りされたようだ。〈結界の魔術師〉は、私の周囲を嗅《か》ぎまわっているからね。その過程で、ソーンリーの犯罪に気づいたのだろう」

冷ややかな声で呟き、フェリクスはポケットから小さなブローチを取り出した。

大粒のサファイアをあしらった豪奢《ごうしゃ》なそのブローチは、中央のサファイアがひび割れ、留め具から外れかけている。

フェリクスはひびの入ったサファイアをつまんで光にかざした。

青い宝石の中には、目を凝らすと魔術式が刻まれているのが見える。このブローチは魔術式を付与した、いわゆる魔導具と呼ばれる物だ。

〈結界の魔術師〉ルイス・ミラーはこれを、フェリクスの身を守るためのお守りだと言って、国王陛下経由で送りつけてきた。

なるほど確かに、この魔導具にはフェリクスが何らかの攻撃を受けた時に、防御結界を発動する機能が付与されている。

だが、付与されている効果は、それだけじゃない。

「このブローチを身につけている限り、私の居場所は〈結界の魔術師〉ルイス・ミラーに筒抜け。そういう術式が組み込まれているね」

「……はい」

だからフェリクスはブローチを貰《もら》ってすぐに、ウィルディアヌに命じて破壊させたのだ。

表向き、フェリクスは魔術に関しては素人《しろうと》ということになっている。故にルイスも監視用の追跡術式に気づかれるとは思っていなかったのだろう。

「〈結界の魔術師〉ルイス・ミラーが、私のことを監視している……これは第一王子派か、或《あ》いは陛下の差し金かな？」

なんにせよ、しばらくは慎重に動いた方が良いだろう。

フェリクスはソファの背もたれに背中を預け、ゆっくりと息を吐く。

「あぁ、どうせ七賢人を監視役に仕向けるなら、〈結界の魔術師〉より、あの人にしてくれればいいのに」

「……あの人？」

怪訝《けげん》な顔をするウィルディアヌに、フェリクスはとろけるような笑みを浮かべ、口を開く。

「ウォーガンの黒竜を撃退し、翼竜の群れを一瞬で撃墜した、この国の英雄。世界でただ一人の無詠唱魔術の使い手である、千年に一人の天才魔術師……」

語る声は次第に熱を帯び、端整な白い横顔がほんのりと朱に染まる。

まるで愛《いと》しい人を語るかのようにうっとりと、フェリクスはその名を口にした。

「〈沈黙の魔女〉レディ・エヴァレット」

ここまでの登場人物

Characters of the Silent Witch

Characters
Secrets of the Silent Witch

モニカ・エヴァレット

七賢人が一人〈沈黙の魔女〉。世界で唯一の無詠唱魔術の使い手。第二王子の護衛のため、モニカ・ノートンを名乗り、セレンディア学園に編入した。極度の人見知り。

ルイス・ミラー

七賢人が一人〈結界の魔術師〉。モニカの同期。新婚。女性的な顔立ちの優男だが、竜の単独討伐数で歴代二位を誇る超絶武闘派。もうすぐパパになる浮かれポンチ。

ネロ

モニカの使い魔の黒猫。読書家。冒険小説が好きだが、最近はロマンス小説にも手を出した。魔力を感知したり、人間に化けたり、セクシーポーズができたりと色々多芸。

リィンズベルフィード

ルイスと契約している風の上位精霊。ルイスのことは、特に慕っても敬ってもいない。人間について学ぶために様々な本を読んでいるが、語彙も常識も偏っている。

フェリクス・アーク・リディル

リディル王国の第二王子。セレンディア学園生徒会長。
成績優秀で外交でも成果を上げている。何でもできる万能の人。
顔と体が黄金比（モニカ談）。

エリオット・ハワード

ダーズヴィー伯爵令息。生徒会書記。
身分階級に固執する捻くれ者。特技はチェス。
本作におけるタレ目の代名詞。

シリル・アシュリー

ハイオーン侯爵令息（養子）。生徒会副会長。
氷の魔術が得意。魔力過剰吸収体質。フェリクスを慕っている。
女性に対して礼儀正しいが、フェリクスに不敬を働いた者は例外。

ブリジット・グレイアム

シェイルベリー侯爵令嬢。生徒会書記。

外交官の家系で語学堪能。フェリクスの婚約者に最も相応しいと言われている美貌の令嬢。猫より犬派。

Characters Secrets of the Silent Witch

ニール・クレイ・メイウッド

メイウッド男爵令息。生徒会庶務。
温和で温厚。お人好しで少し流されやすいのが玉に瑕。身長が伸びることを期待して仕立てた制服は、いまだ体のサイズに合っていない。

イザベル・ノートン

ケルベック伯爵令嬢。〈沈黙の魔女〉の大ファン。モニカの任務の協力者。立派な悪役令嬢を演じるべく、たゆまぬ研鑽を積んでいる。その高笑いのキレは他の追随を許さない。

ラナ・コレット

コレット男爵令嬢。モニカのクラスメイト。流行に敏感でお洒落が大好き。父親が富豪。将来は自分も父親のように商会を立ち上げたいと考えている。

あとがき

『サイレント・ウィッチ』をお手に取っていただき、誠にありがとうございます。

本作はＷｅｂ版では全一六章構成になっており、一章から一六章までを通して、ひとつの物語であることを想定して執筆していました。

今回、書籍化させていただくにあたって、Ｗｅｂ版の一～三章にあたる部分を収録しております。ですが、Ｗｅｂ版をそのまま収録してしまうと、一冊の本として盛り上がりに欠け、まとまりがなくなってしまう。

なので、この一冊でも「本」という形でお楽しみいただけるよう、悩みながら加筆修正をしました。

初めてこの話に触れてくださった方にも、既にＷｅｂ版を読んでくださっている方にも、書籍版『サイレント・ウィッチ』を楽しんでいただければ幸いです。


加筆作業は文字数との戦いでした。

とにかく書くのが楽しくて楽しくて楽しくて……あれも書きたい、これも書きたい、まだまだ書きたい、もっと書きたい……と残り文字数と睨《にら》めっこしつつ欲張りました。いや本当に楽しかった。

その気になれば、モニカの山小屋暮らしの日常シーンだけで幾らでも書けてしまいます（そして、いつまで経《た》っても学園に到着しない)。

なんなら、イザベル嬢のお姉様語りでページを相当埋められてしまいます(そして、いつまで経っても学園に到着しない)。

愛妻家のルイス・ミラー氏が新婚の奥様との熱愛っぷりをモニカに見せつけるシーンだけで、下手《へた》したら本が半分埋まってしまいます(そして、いつまで経っても以下略)。

……学園に到着するまでを、いかにテンポ良くするかが、最大の課題だったように思います。

また、加筆修正するにあたって、全体的にWeb版よりもモニカに優しい修正がされています。担当さんがモニカに優しいからです。担当さんはモニカを「可愛《かわい》い」と言ってくれる優しいお人です。

もし、モニカがWeb版よりも大変な目に遭っていると感じる部分があれば、それは「作者が強行しやがったな」と思ってください。

担当さんはモニカに優しい人です。優しくないのは大体作者です。

最後になりましたが、藤実《ふじみ》なんな先生、繊細で温かみのある美しいイラストをありがとうございます。執筆中、何度も何度も見返しては、クフクフニヤニヤしていました。

また、書籍化にあたって尽力してくださったKADOKAWAの皆々様、右も左も分からぬ私に丁寧なアドバイスをくださった担当様、本当にありがとうございました。

そして、この物語に触れてくださった読者の皆様、私の創作活動に少しでも携わってくださった全《すべ》ての方々に、改めて御礼《おれい》申し上げます。

沢山の方のお力添えで、こうして本という形で本作を世に出すことができました。

本当に本当に、ありがとうございます。

また大変ありがたいことに、本作は続刊を出していただけることになりました。精一杯書かせていただきますので、二巻もお楽しみいただければ幸いです。

依空《いそら》まつり

お便りはこちらまで

〒102－8177
カドカワBOOKS編集部　気付
依空まつり（様）宛
藤実なんな（様）宛

カドカワBOOKS

サイレント・ウィッチ
沈黙《ちんもく》の魔女《まじょ》の隠《かく》しごと

2021年6月10日　初版発行
2021年12月15日　7版発行

著者／依空《いそら》 まつり

発行者／青柳昌行

発行／株式会社KADOKAWA

〒102-8177
東京都千代田区富士見2-13-3
電話／0570-002-301（ナビダイヤル）

編集／カドカワBOOKS編集部

印刷所／大日本印刷

製本所／大日本印刷

Printed in Japan
ISBN 978-4-04-074035-5 C0093

新文芸宣言

かつて「知」と「美」は特権階級の所有物でした。

15世紀、グーテンベルクが発明した活版印刷技術は、特権階級から「知」と「美」を解放し、ルネサンスや宗教改革を導きました。市民革命や産業革命も、大衆に「知」と「美」が広まらなければ起こりえませんでした。人間は、本を読むことにより、自由と平等を獲得していったのです。

21世紀、インターネット技術により、第二の「知」と「美」の解放が起こりました。一部の選ばれた才能を持つ者だけが文章や絵、映像を発表できる時代は終わり、誰もがネット上で自己表現を出来る時代がやってきました。

UGC（ユーザージェネレイテッドコンテンツ）の波は、今世界を席巻しています。UGCから生まれた小説は、一般大衆からの批評を取り込みながら内容を充実させて行きます。受け手と送り手の情報の交換によって、UGCは量的な評価を獲得し、爆発的にその数を増やしているのです。

こうしたUGCから生まれた小説群を、私たちは「新文芸」と名付けました。

新文芸は、インターネットによる新しい「知」と「美」の形です。

2015年10月10日

井上伸一郎

シリーズ累計
220万部突破！
※紙本と電子書籍の合算数字となります。
2021年2月現在。
トラブル・相談ごとは
聖女におまかせ！
20代OLの異世界スローライフ！

※紙本と電子書籍の合算数字となります。2020年6月現在。
シリーズ累計200万部突破!!
蜘蛛《くも》ですが、なにか？
Kumo desuga, nanika?
著：馬場翁
イラスト：輝竜司
TVアニメ
2021年1月より
連続2クール放送決定!!
女子高生だったはずの「私」が目覚めると……なんと蜘蛛の魔物に異世界転生していた！敵は毒ガエルや凶暴な魔猿っておい……。ま、なるようになるか！種族底辺、メンタル最強主人公の、伝説のサバイバル開幕！
『このライトノベルがすごい！2017』（宝島社刊）単行本部門 新作ランキング 第1位
『このライトノベルがすごい！2018』（宝島社刊）単行本・ノベルス部門 ランキング 第2位

生きて、
蜘蛛子ちゃん――!!
全ネットが応援した
衝撃の問題作!!
角川コミックス・エースより
好評発売中!
スピンオフコミックも
要チェック!!
蜘蛛ですが、なにか?
グラタン鳥
馬場翁
かかし朝浩
1
漫画:グラタン鳥
蜘蛛《くも》ですが、なにか?
かかし朝浩
馬場翁
輝竜司
1
漫画:かかし朝浩
蜘蛛子の七転八倒
ダンジョンライフが
漫画で読める!?
書籍、コミックなどの情報が集約された特設サイト公開中!
「蜘蛛ですが、なにか? 特設サイト」で 検索
シリーズ好評発売中!
カドカワBOOKS